수상한
장미마을

수상한 장미마을

청소년 성장소설 십대들의 힐링캠프, 공동체(초등고학년)

[십대들의 힐링캠프®] 시리즈 NO.73

지은이 ㅣ 한박순우
발행인 ㅣ 김경아

2024년 2월 14일 1판 1쇄 발행
2024년 2월 22일 1판 2쇄 발행
2024년 5월 18일 1판 3쇄 발행 (총 3,500부 발행)

이 책을 만든 사람들
책임 기획 ㅣ 김경아
기획 ㅣ 김효정

북 디자인 ㅣ KHJ북디자인
표지 삽화 ㅣ 발라
경영 지원 ㅣ 홍종남
기획 어시스턴트 ㅣ 홍정훈, 한선민, 박승아
제목 ㅣ 구산책이름연구소
책임 교정 ㅣ 이홍림
교정 ㅣ 주경숙, 김윤지

종이 및 인쇄 제작 파트너
JPC 정동수 대표, 천일문화사 유재상 실장, 알래스카인디고 장준우 대표

청소년 기획위원
정가인, 양태훈, 양재욱

펴낸곳 ㅣ 행복한나무
출판등록 ㅣ 2007년 3월 7일. 제 2007-5호
주소 ㅣ 경기도 남양주시 도농로 34, 301동 301호(다산동, 플루리움)
전화 ㅣ 02) 322-3856 팩스 ㅣ 02) 322-3857
홈페이지 ㅣ www.ihappytree.com ㅣ bit.ly/happytree2007
도서 문의(출판사 e-mail) ㅣ e21chope@daum.net
내용 문의(지은이 e-mail) ㅣ tnsdn21@hanmail.net
※ 이 책을 읽다가 궁금한 점이 있을 때는 지은이 e-mail을 이용해 주세요.

ⓒ 한박순우, 2024
ISBN 979-11-88758-74-6
"행복한나무" 도서번호 : 175

수상한
장미마을

한박순우 지음

차례

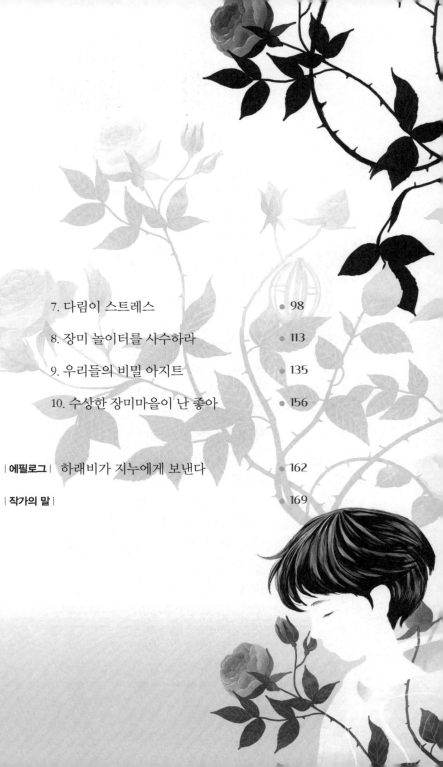

등장인물

진우   소설의 주인공.
13세 소년으로 특기는 혼잣말하기, 별명 짓기.
취미는 상상 속으로 빠져들기.
할아버지와 둘이서 산다.
향수 할머니, 태풍 할아버지 말고는 친한 친구가 없다.
긍정적인 생각이 유일한 무기.
위기에 빠질 때마다 희망이라는 무기로 어려움을 헤쳐간다.

다림   어떤 일에도 기죽지 않는 꼿꼿한 13세 소녀.
키가 크고 하얀 얼굴에, 운동신경이 뛰어나다.
죽어가는 모든 식물을 살려내는 게 꿈이다.
진우가 지은 별명은 '자청비'.
아이들이 붙여준 별명은 '다리미'.

김끝달   진우의 할아버지.
할아버지   폐지 줍는 일과 공공근로로 살아간다.
손자 진우를 끔찍하게 사랑한다.
진우가 지은 별명은 '너무 할아버지', '김끝놀 할아버지'.

최 씨   공공근로를 하는 할머니들 사이에서는 아이돌급 인기 스타.
할아버지   힘이 세고 쾌활하며 농담을 잘하고, 진우를 예뻐한다.
진우가 지은 별명은 '태풍 할아버지'.

김 할머니	진우에게 장미마을을 알려준 할머니.
	음식물 쓰레기 집하장에서 일하며
	쓰레기 냄새를 감추기 위해서 싸구려 향수를 쓴다.
	진우가 지은 별명은 '향수 할머니'.

우연이	성격이 급하고 여리며 정서적으로 불안정하다.
	다림이와 장미 놀이터 때문에 싸우면서 진우를 알게 된다.
	진우가 지은 별명은 '헐렁 셔츠'.

우연이 아빠	우울증을 앓고 있다.
	집에서 요양하다가 진우와 마주친다.
	진우가 지은 별명은 '대굴대굴 아저씨', '고요 아저씨'.

| 동민 | 고물상 집 아들. 현실감각은 없지만, 속이 깊다. |

광규	승부욕이 강하고 이기적인 성격이다.
	다림이와 진우를 만나면서 성격이 변화한다.
	진우가 지은 별명은 '사각턱'.

장미마을

봄이 한창이었다.

연초록 새순들이 초록빛으로 짙어져 가고 있었다.

새순들이 돋아있는 나무들 사이로 봄바람이 불어와 진우네 작은 오두막으로 봄기운을 불어넣어 주었다.

진우는 마음이 들떠서 빗자루를 들었다 놓았다 했다.

"이삿짐 정리는 다음에 하고 할아버지 마중이나 나가자."

진우는 빗자루를 내동댕이치고 산 아래 작은 집을 나와 오솔길을 달려 내려갔다.

"짐 정리를 이틀씩이나 하다니……. 이 몸은 좀 쉬어야 해."

새들이 놀라서 푸드덕 날아올랐다.

진우는 좁은 산길을 달려 내려오면서 아래를 내려다보았다.

장미마을 사람들이 내다 버린 냉장고와 서랍, 자전거, 밥통 따위의 물건들이 재활용 딱지도 붙지 않은 채 놓여 있었다.

초록색 장미 나무줄기가 냉장고 위로 뻗어나간 모습이 보였다.

냉장고 꼭대기에서 붉은 장미 봉오리가 얼굴을 빼꼼히 내밀고 있었다.

"쓰레기장에 장미라니……."

며칠 전에 본 공포 영화의 한 장면이 퍼뜩, 떠올랐다.

주인공의 눈과 입가로 흘러내리던 장밋빛 피가 붉은 장미 봉오리 위로 겹쳐졌다.

봄 햇볕이 내리쬐고 바람도 부드럽게 불어왔지만, 등줄기로는 소름이 돋았다.

쓰레기장을 지나서 마을로 들어서자 좁은 골목 여기저기에 피어난 장미들이 보였다.

행정구역상 이름은 복산동이지만, 사람들은 이곳을 장미마을이라고 불렀다.

어디를 가나 장미 줄기가 담 너머로 내려와 있고, 꽃나무들은 꽃봉오리를 맺었으며, 나무들은 초록색 잎을 틔워내고 있었다.

진우는 달려가다가 골목길 끝에 있는 작은 숲에 이르렀다.

숲속으로 걸어 들어가서 조금 걷다 보니 나무와 나무가 맞닿아 있는 좁은 길이 보였다.

초록 잎이 울창했고 부드러운 봄바람이 살랑거렸다.

잎사귀 사이 사이로 햇살이 쏟아지고 있었다.

좁은 길은 길고 구불구불해서 리본을 풀어놓은 것 같기도 했다.

나뭇잎과 부드러운 햇살과 봄바람을 헤치며 구불구불한 길을 달려가자 리본은 이내 도르르 말려서 막다른 길을 만들어주었다.

"엄청난 바위다."

커다란 바위가 눈앞에 가로막혀 있었다.

"음……. 바위 아래에서 누군가 머물렀던 흔적이 있어."

진우는 바위 아래에 움푹 들어간 풀 자국을 보며 중얼거렸다.

"움푹 들어간 풀 자국. 같은 무늬의 운동화 자국. 이 길은 누군가의 비밀 산책로였던 거 같아. 그 누군가는 가파른 바위 밑까지만 걸어갔어. 바위를 올라갈 시도는 전혀 안 했지. 쉽게 포기하는 성격이거나, 아니면 숨을 장소가 필요했을지도 몰라."

진우는 좁고 울퉁불퉁한 길에 홀딱 정신이 팔려서 혼자서 중얼거리며 걸어갔다.

작은 숲에서 나왔을 때는 어딘가 다른 세계 속으로 빠져들어 갔다가 나온 것처럼 느껴졌다.

진우는 작은 숲을 빠져나와 장미마을의 구불구불한 골목길로 다시 뛰어 들어갔다.

골목길을 부지런히 누비고 다니다, 어느 나무 대문집 앞에서 우뚝 멈춰 섰다.

근처 어딘가에서 우는 소리가 들려오는 것 같았기 때문이다.

뭔가를 긁는 소리 같기도 하고 우는 소리 같기도 한 작은 소리는 등줄기를 오싹하게 했다.

쓰레기장에서 장미를 보았을 때처럼 몸이 부르르 떨렸다.

진우는 소리가 나는 곳을 두리번거리며 찾다가 나무 대문에 바싹 귀를 갖다 댔다.

대문에 귀를 갖다 대자 기묘한 소리는 작게 부서져 버렸다.

진우는 도깨비에 홀린 것처럼 느껴져서 나무로 만든 문에서 천천히 귀를 떼었다.

문 사이로 보이는 새빨간 장미들이 진우를 비웃기라도 하듯 찬 봄바람에 몸을 까닥거리고 있었다.

그제야 진우는 소리가 사라졌다는 걸, 이제 묘한 적막만이 남았다는 걸 눈치챘다.

우는 소리도, 뭔가를 긁어대는 소리도 점점 잦아들어 없어져 버렸기 때문이었다.

봄바람이 불어오자 오래된 고목들 옆으로 피어난 상아색 장미와 허름한 담벼락 위에 핀 노란 장미가 진우를 보며 고개를 이리저리 흔들고 있었다.

"사람이 없어. 고시원에 살 때를 생각해 봐. 사람들이 진짜 많았잖아. 수상해."

진우는 뒷주머니에서 수첩을 쓱 꺼냈다.

할아버지가 며칠 전에 주워다 준 수첩인데, 뒷주머니에 꽂아 넣기 좋은 데다가 표지 그림도 우주선이 달 착륙을 하는 그림이라 마음에 쏙 들었다.

수첩에 끼워놓은 볼펜을 빼서 검은색 심이 나오게 했다.

"이 마을은 수상한 점이 한두 가지가 아니야. 적어야겠어."

진우는 수첩에 '수상한 장미마을'이라고 적었다.

1. 골목길에 한 사람도 없음.

2. 장미가 많아도 너무 많음.

3. 작은 숲길에 같은 무늬의 운동화 발자국이 있음.

　　바위 아래 움푹 들어간 풀 자국도 있음.

4. 나무 대문집 안쪽에서 이상한 소리가 들려옴. (우는 소리? 칼 가는 소리?)

진우는 수첩을 뒷주머니에 꽂고 골목길을 빠르게 뛰어갔다.

"할애비 마중 나온 겨?"

골목 저쪽에서 할아버지 목소리가 들려왔다.

"오브 코오스."

진우가 소리쳤다.

"집에 있지. 뭐허러 나온 겨."

할아버지가 리어카를 끌고 오다가 멈춰 섰다.

할아버지 머리 위로 이제 막 피어난 하얀색 장미 봉오리가 내려와 있었다.

하얀 장미를 보자 진우는 갑자기 다리미가 한 말이 떠올라서 멈춰 섰다.

"하얀 장미꽃 꽃말이 뭔지 알아? '새로운 출발'이야."

다리미는 진우와 같은 반인데, 아이들이 다리미라고 놀려도 한 귀로 듣고 한 귀로 흘려버리는 아이였다.

"정다림. 내공 쩔어. 근데 누가 물어봤나? 나도 꽃말은 꽤 알고 있다고."

진우는 다림이가 한 말을 떠올리다 말고 중얼거렸다.

"이삿짐 정리는 다 한 겨?"

할아버지가 생각에 잠겨있는 진우를 향해 말했다.

"다음에 하지 뭐. 놀러 나왔어."

"그려? 리어카나 좀 밀어봐. 오늘은 쓸만한 물건이 없구먼."

할아버지가 재활용 물건들이 가득 쌓인 리어카를 보며 말했다.

"알았어, 아이언맨 이 진우를 믿어봐."

진우가 리어카 뒤로 다가가며 말했다.

"우리 진우가 힘이 세네그려."

리어카를 끌고 가볍게 앞으로 나아가며 할아버지가 말했다.

"진우가 아니라 아이언맨이라니까."

"아이언맨?"

"할아버지, 아이언맨은 힘이 세. 할아버지처럼 비실비실한 사람을 도와주는 나 같은 사람을 말하는 거야. 히히."

"그리 힘이 센 놈이 이삿짐 정리도 안 한 겨?"

"딱 오늘만 안 했잖아. 이틀 내내 개고생했는데 오늘은 좀 쉬어야지."

“그려, 좀 놀어여지. 잘했구먼. 근디, 마을은 좀 둘러봤어?”

“장미마을! 내 맘에 딱 듦.”

“뭐가 맘에 든다는 거여? 그저 그런 마을인디. 장미만 수두룩하구. 할애비는 여가 아직도 맘에 안 드는구먼. 핵교도 멀구.”

“음……. 할아버지, 장미마을은 수상한 점이 한두 가지가 아니야. 뭔가가 아주아주 미스터리해.”

“아이쿠, 뭔 말인지……. 어여 리어카나 밀어.”

“자, 아이언맨 김진우를 믿어보시라. 리어카를 빛의 속도로 밀겠습니다.”

진우가 너스레를 떨었다.

1

우리 할아버지 이름은 김끝달

**＊월 ＊＊일 날씨 맑음

나는 장미마을에 살고 있다. 할아버지랑 둘이서만 산다. 우리 할아버지 이름은 김 자, 끝 자, 달 자, 김끝달이다. (할아버지는 어른 이름을 말할 때는 끝에 '자'를 붙여야 한다고 알려주었다). 할아버지는 어려서부터 이름 때문에 놀림을 많이 받았고, 할아버지 삶이 안 풀린 건 오로지 이름 때문이라고 입버릇처럼 말하곤 했다. 그래서 그런지 할아버지는 내 이름을 아주 평범하게, 진우라고 지었다.

할아버지와 나는 떠돌이였다. 장미마을로 이사 오기 전까지는 집이 없어서 고시원에 머물렀다. 나는 장미마을 우리 집이 고시원보다 백 배, 천 배는 좋다. 고시원에서는 상상할 수 없지만, 장미마을 작은 집에서는 상상할 수가 있다. 상상 속에서는 아이언맨도 되었다가 한라 장군이나 백두 장군 같은 신화 속 신도 되었다가 옥황상제도 되었다가, 또 어떤 때는 자청비가 되어서 식물들을 살아나게 하기도 한다.

며칠 전에 할아버지가 주워다 준 『우리 신화 속 영웅들』이라는 책은 내 상상을 현실로 만들어줄 것만 같았다. 책을 읽다 보면 아빠가 일찍 죽을 일도 없을 거 같고, 엄마가 떠날 일도 없을 것 같다. 이 책은 외울 정도로 여러 번 되풀이해서 읽었다. 그렇게 여러 번 읽으니 내가 신화 속 영웅들처럼 될 것 같기도 했다.

난 할아버지가 주워다 주는 책은 거의 다 읽는 편이다. 옷은 할아버지 몰래 버리지만, 책은 버리지 않는다. 텔레비전에서 틀어 주는 영화는 공포 영화나 마블 영화를 주로 보는 편이다. 마블 영화를 여러 번 보고 나면, 영화 속에 나오는 아이언맨이나 스파이더맨, 헐크처럼 힘이 세져서 할아버지가 아플 때, 내가 대신 일을 할 수도 있을 것 같다. 진짜로 그렇게 된다면 얼마나 좋을까.

진우는 일기장을 가방 깊숙이 밀어 넣었다.

할아버지가 어제 다리를 다쳤다.

"내가 이 꼴로 누워있으니 어쩐다냐? 게서 사고가 날 줄 생각도 못했구먼."

할아버지가 깁스를 한 채 병원 침대에 누워서 말했다.

"집에 혼자 있으면 무서울 텐디 할애비랑 같이 있을 텨? 여기 보조 침대에서 자면 어뗘?"

할아버지 말에 진우는 고개를 끄덕였다.

커튼 젖히는 소리가 났다.

"손자가 병문안 왔네요."

머리띠를 한 젊은 아저씨가 가랑이 사이에 베개를 낀 채 옆으로 누워있다가 몸을 살짝 일으켰다.

"우리 애가 여기서 자면 그쪽이 많이 불편허려나?"

"아뇨. 불편할 게 뭐 있어요. 리모컨만 안 가져가면 되지. 헤헤."

진우는 머리띠 아저씨가 리모컨을 보물처럼 손에 꼭 쥐고 있는 모습을 보며 아저씨 몰래 피식 웃었다.

"아, 난 이걸 돌려대야 마음이 편안해."

머리띠 아저씨가 리모컨으로 채널을 돌리다가 진우를 향해 말했다.

"내가 잠들면 가져가서 봐."

진우는 텔레비전에는 관심이 없었다.

스마트폰이라면 모를까.

아이들은 다 스마트폰을 가지고 있었다.

아이패드, 갤럭시탭, 개인 태블릿 PC, 그런 걸 쓰는 애들은 진우와는 다른 세상에 사는 아이들이었다.

"아이, 근데, 할아버지는 어쩌다 다치신 거예요?"

"교통사고지. 골목에서 커다란 개가 냅다 뛰어나와서 리어카랑 같이 나동그라졌구먼."

진우는 머리띠 아저씨랑 할아버지가 이야기를 나누는 모습을 물끄러미 바라보았다.

여든이 다 된 진우 할아버지는 쉬는 날도 없이 날마다 일을 했다.

공공근로, 피자 상자 접기, 고물 주워 팔기 같은 일을 하느라 허리를 펴지 못했다. 그렇지만 살림살이는 항상 쪼들렸다.

진우가 학교에서 배우기로는 사람은 부지런히 일하면 잘살 수 있다고 했는데, 할아버지를 보면 그건 꼭 맞는 말도 아닌 거 같았다.

뭐가 문제일까?

진우는 생각해 보았다.

문득, 머릿속에서 할아버지 이름이 딱 걸렸다.

할아버지의 아버지가 끝까지 달리라고, 열심히 살라고 지어준 이름, 김끝달.

얼핏 생각하면 좋은 이름이지만 할아버지에게는 그다지 좋은 이름이 아니었다.

할아버지는 너무 끝까지 달리기 때문이다.

할아버지는 할아버지의 아버지가 지어준 이름 그대로, 언제나 끝까지 달리곤 한다.

할아버지는 노는 게 뭔지 아예 모른다.

진우는 할아버지를 바꿀 수는 없으니, 이름이라도 바꾸면 어떨까 생각했다. 그리고 고민 끝에 할아버지 이름을 이렇게 바꾸어 보았다.

김 끝 놀.

'와, 완전 맘에 들어.'

"너 상 받아야겠다. 선행상, 이런 거 요즘에도 주나? 난 학교를 취미로 다녀서 그런 건 받아본 적이 없거든. 내가 선생님이라면 너한테 선행상 주겠다. 할아버지 소변통까지 비우는 손자가 요즘 어

디 있냐?"

머리띠 아저씨가 건네는 말소리에 생각에 빠져있던 진우는 고개를 들었다.

머리띠 아저씨는 리모컨을 주지 않는 게 미안한지 진우를 보면서 자꾸만 웃었다.

"그쪽은 왜 들어온 겨?"

"디스크요. 4번 5번 디스크가 파열됐대요."

"검사 결과는 워띠어? 의사 선생님은 뭐라고 혀? 허리는 쓸 수 있는 겨?"

"치료하면 괜찮대요. 근데 앞으로가 문제래요. MRI 결과가 있으니까 병원에 오래 있으면서 합의금 받아낼 거예요. 이참에 고시원비나 벌어야죠."

고시원이라는 말에 진우는 고개를 아저씨 쪽으로 돌렸다.

진우랑 할아버지도 고시원을 떠난 지 얼마 안 되었기 때문이다.

진우는 그동안 떠돌아다니던 고시원을 떠올렸다.

'만화를 그리던 형이랑 날마다 술만 마시던 아저씨는 지금도 거기서 살까?'

'휴우.'

진우는 한숨을 내쉬었다.

'아, 정말이지 고시원은 싫어.'

고시원에 살 때는 할아버지가 재활용품을 수집하는 일을 하지도 못했다.

쌓아놓을 곳이 없었기 때문이다.

'난 장미마을 우리 집이 좋아.'

아무도 살지 않아서 거의 허물어진 집이지만, 지금 사는 진우네집은 새도 날아오고 바람과 햇빛도 잘 드는 집이다.

'향수 할머니 아니었으면 작은 집을 발견하지 못했을 거야.'

할아버지는 공공근로 일을 하다가 향수 할머니를 통해서 장미마을을 알게 되었다.

장미마을 골목길을 지나 위쪽으로 걸어서 올라가다 보면 쓰레기장이 있었다.

그 위로 더 올라가면 수풀로 우거진 아무도 모르는 작은 길이 있는데, 그 길로 들어서서 올라가다 보면 커다란 빈터가 나오고, 그빈터에 허물어진 작은 집이 있었다.

진우가 게임 속에서 보던 그런 오두막이었다.

오두막 주위로는 나무가 빙 둘러 자라 있고, 새들이 나뭇가지 위에서 시끄럽게 짹짹거리고 있었다.

게임 속 인물들이 나무와 나무 사이를 날아다니고, 신화 속 영웅들이 오두막을 나와서 숲을 지나 머나먼 세상으로 떠났다가 돌아올 것 같은, 그런 집이었다.

진우는 작은 집 앞에서 한동안 가만히 서있었다.

"할아버지. 우리, 여기서 살면 안 돼? 내가 찜했어."

진우가 말하자 할아버지는 놀라는 표정을 지었다.

"예서 살자고?"

할아버지는 고개를 흔들었다.

"차라리 고시원이 낫겠구먼."

할아버지가 발길을 돌렸다.

"난 여기가 좋은데?"

진우는 할아버지에게 다가가 앞을 가로막았다.

가을바람이 검은빛이 도는 진우의 갈색 머리칼을 흩날려 주었다.

할아버지는 진우를 말없이 보며 한동안 서있었다.

"에휴. 그려도 이건 아니여."

할아버지가 한숨을 내쉬었다.

"할아버지, 제발, 여기서 살게 해줘."

진우는 그 집을 떠나지 않겠다는 듯이 꼼짝하지 않았다.

허물어진 작은 집도 그렇게 될 줄 알고 있었다는 듯이 진우와 할아버지를 바라보고 있었다.

"에이구, 맘대로 혀. 핵교가 멀다, 친구가 없다, 이럴 말 헐 거면 아예 여로 올 생각을 말어. 그럼 할애비가 화낼 거여. 알았어?"

"아싸, 베리베리 쌩큐, 할아버지! 학교가 먼 거는 괜찮아. 달리기 연습하면 된다고. 친구는 필요 없어. 난 할아버지만 있으면 된다니까. 히히."

숲 사이 사이로 진우가 재잘대는 소리가 울려 퍼졌다.

그 뒤로 진우는 할아버지와 함께 장미마을 작은 집에서 살게 되었다.

할아버지는 고시원 월세로 내기 위해 모아놓은 돈을 빼서 진우 통장에 전부 넣어놓고는 공짜로 살 수 있는 집으로 이사를 했다.

하지만 얼마 지나지 않아서 통장은 곧 텅텅 비게 되었다.

허물어진 작은 집을 고치느라고 통장에 넣어둔 돈을 다 써버렸기 때문이다.

할아버지는 일주일 동안 병원 치료를 받았다.

"그나저나 내일이면 퇴원할 텐디 뭘 먹고 사냐? 할애비가 이 지경이니……."

할아버지가 벽에 기대어 놓은 목발을 보며 한숨을 내쉬었다.

큰일은 큰일이었다.

할아버지가 하는 공공근로 일로 먹고사는 진우네로서는 끼니를 해결할 길이 막막했다.

할아버지가 아무 데도 돌아다니지 못하면 날마다 라면을 먹어야 했다.

복지관에서 주는 한 끼 식사로는 끼니가 해결되지 않았다.

"할아버지, 걱정하지 마. 내가 다 생각해 둔 게 있어. 나 못 믿어?"

"못 믿지. 그걸 말이라고 혀. 꼬맹이를 뭘 보고 믿어?"

"할아버지, 이 몸이 이제 6학년이라고. 꼬맹이라고 한 번만 더 말하면 진짜로 꼬맹이가 되어버릴 거야. 어린애 말이야."

"넌 좀 어린애가 되어야 혀. 안 그려?"

"난 빨리 어른이 될 거야. 어른이 되면 할 일이 있어."

진우는 어른이 되면 엄마를 찾으러 갈 거라는 말을 할아버지한테는 하지 않았다.

그건 그냥 비밀 상상 같은 거였다.

사람들은 쉬려면 휴게실을 가지만 진우는 쉴 때 상상을 했다.

진우에게는 상상이 언제나 쉴 수 있는 휴게실이었다.

병원에 들어온 지 열흘째 되던 날에 진우는 할아버지와 함께 병원 문을 나섰다.

장미마을 집으로 가는 버스를 타자 입에서 한숨이 새어 나왔다.

'라면만 먹고 살지 뭐.'

진우는 할아버지 몰래 마음속으로 생각했다.

버스는 장미마을로 들어가는 큰 도로에 진우와 할아버지를 내려놓고 떠났다.

"할아버지, 우리가 이 길을 다 걸어가면 저 끝에 환상 세계로 들어가는 문이 있을지도 몰라. 그럼, 우리는 거기 가서 신나는 모험을 하는 거야. 어때?"

"장미마을이 환상 세계라는 거여, 뭐여? 어여 걷기나 혀."

"응! 할아버지, 장미마을은 환상 세계야, 엄청나게 수상해. 자, 이것 봐. 내가 여기에다 다 적고 있거든. 나중에 이걸 가지고 이야기를 쓸 거야. 난 『셜록 홈스』 같은 추리물 작가가 될 거니까 다 적어야 한다고…….."

진우는 '수상한 장미마을'이라고 쓴 수첩을 할아버지를 향해 들어 보였다.

"코미디언이 된다더니 그새 또 바뀐 게여?"

“두 가지 다 하려고. 직업은 많을수록 좋대.”

“한 가지만 혀.”

할아버지 목덜미에서 땀이 뚝뚝 떨어져 내리고 있었다.

진우는 등에 멘 가방을 자꾸 고쳐 멨다.

진우가 할아버지와 함께 산 아래에 있는 작은 집까지 걸어왔을 때는 둘 다 녹초가 되었다.

“아, 지옥의 행진인 줄 알았어.”

진우는 집 앞 땅바닥에 벌러덩 누워버렸다.

연푸른 하늘은 진우를 덮어줄 것처럼 넓게 펼쳐져 있었다.

진우가 일어나서 앉자 널빤지로 된 문이 보이고 집 뒤로 펼쳐진 산이 보였다.

2

혼자 놀기 선수, 진우

다음 날, 진우는 할아버지가 공공근로 일을 하던 시청 구내식당
에 도착해서 줄을 섰다.

할아버지가 그동안 모아둔 식권으로 밥을 먹고, 반찬을 많이 담
아서 할아버지에게 도시락을 가져다줄 생각이었다.

진우가 움직일 때마다 등에 멘 가방에서 빈 도시락이 달그락거
렸다.

"지누야, 이리 오니라."

맨 앞줄에 서있던 향수 할머니가 진우를 발견하고 소리쳤다.

향수 할머니는 체격은 작은데 목소리는 우렁찼다.

향수 할머니는 시청 앞 단층집 지하 방에 혼자 사는데, 어찌나 부지런한지 집 앞 골목길을 다 쓸고 나서도 힘이 남아서 공공근로를 하러 나왔다.

"아이 씨, 향수 할머니한테 또 걸렸네."

진우는 얼른 고개를 푹 숙였다.

"지누야, 이리 오니라. 내 마, 자리 맡아뒀다 아이가."

향수 할머니가 소리를 질러대는 통에 진우는 맨 뒤에 있을 수가 없어서 줄의 맨 앞으로 조르르 달려갔다.

향수 할머니는 한동안 수선을 피운 뒤에야 진우를 앞자리에 세우려고 조금 뒤로 물러섰다.

그러다가 그만 중심을 잃고 기우뚱거렸다.

할머니 뒤에 줄을 선 아저씨가 할머니 몸을 얼른 붙들었다.

"읍."

아저씨가 갑자기 눈살을 찌푸리며 입을 꼭 다물었다.

향수 할머니는 아무렇지도 않은 듯했지만, 진우는 얼굴이 빨개졌다.

할머니는 음식물 쓰레기를 모아서 처리하는 곳에서 일하고 있어서 늘 싸구려 향수를 뿌리고 다녔는데, 오늘은 깜박 잊고 뿌리지 않고 나온 거 같았다.

진우가 빨개진 얼굴로 고개를 들자 반찬 앞에서 얼굴에 웃음을 담고 있는 영양사의 모습이 보였다.

꿈속에서 엄마를 보았을 때처럼 가슴이 쿵쾅거렸다.

진우는 영양사를 엄마라고 상상하면서 식판에 반찬을 담았다.

꿈꾸던 장면이 펼쳐졌다.

엄마는 기차역에 서있었다.

"우린 함께 여행을 떠날 거야."

엄마가 말했다.

엄마랑 진우는 함께 기차에 올라탔다.

엄마의 무릎에는 진우에게 읽어줄 동화책과 진우의 옷 가방이 놓여 있었다.

옷 가방에 든 옷들은 모두 새 옷이었다.

한 아주머니가 아기를 안고 있는 모습이 보였다.

기차에 사람이 다 타고 운전사가 운전석에 앉자 차장이 소리쳤다.

"장미마을까지 가는 분만 타세요."

승객들은 다 얌전히 앉아있었다.

모두 장미마을로 가는 모양이었다.

"기차를 잘못 탄 거 같아요."

한 남자가 벌떡 일어서며 소리쳤다.

"죄송합니다. 아, 내가 왜 장미마을로 가는 표를 끊었을까? 표를 끊으려는 순간에 수상한 바람이 불어오지 않고서야 이런 수상한 일은 일어날 일이 없는데 말야?"

남자가 기차에서 내렸다.

진우와 엄마는 웃으며 서로를 바라보았다.

엄마랑 진우는 표를 잘 끊었기 때문에 내릴 일이 없었기 때문이다.

"어서 빨리 장미마을에 있는 작은 집으로 가서 할아버지를 만나 뵙고 싶구나."

엄마가 웃으며 말했다.

'상상을 더 해볼까? 아까 어디까지 했더라……, 이어서 해보자.'

눈가가 파르르 떨렸다.

'그래, 엄마는 나랑 함께 할아버지를 만나러 장미마을 작은 집으로 갈 거야. 엄마는 놀라겠지. 나한테 이렇게 행복하게 살고 있었느냐고 물을 거야. 그리고 이제부터는 엄마랑 함께 행복하게 살자고 말하겠지. 엄마는 저기 있는 영양사 선생님처럼 예쁘고 상냥하고 좋은 냄새가 나고 음식 메뉴도 많이 알고 있을 거야. 그래, 진격, 진격, 앞으로, 앞으로 가자, 가자.'

진우는 자기도 모르게 식판을 들고 성큼성큼 앞으로 나아갔다.

식판이 바닥에 떨어지며 '쨍그랑' 소리가 났을 때에야 번쩍 정신이 들었다.

이미 콩자반과 시뻘건 무장아찌가, 앉을 자리를 찾고 있던 아주머니 바지에 쏟아진 뒤였다.

진우는 잽싸게 반찬 진열대 옆에 가지런히 놓여있던 행주를 집어 들었다.

식은땀이 등줄기를 타고 흘러내렸다.

아주머니 바지에 묻은 빨간 물을 박박 문질러 대는데, 갑자기 눈가가 뜨거워졌다.

'아, 우주 밖으로 확 사라져 버렸으면 좋겠다.'

'땅 밑으로 스르르 스며들었으면 좋겠다.'

'이럴 때는 꿈을 꿀 수가 없어.'

'이럴 때는 상상할 수도 없어.'

진우는 혹시 눈물이라도 날까 봐 눈을 부릅떴다.

"이 녀석아! 저리 비켜봐. 바지 찢어지겠다."

아주머니가 진우 머리를 세게 쥐어박았다.

"아휴, 신경질 나. 재수 없으려니까 별것이 다 속을 썩이네."

"죄송해요."

"바지를 사 오든, 세탁비를 내놓든 알아서 해."

진우는 고개를 들지 않았다.

고개를 들 수가 없었다.

빨개진 눈을 들키고 싶지 않았다.

제일 들키고 싶지 않은 건 가방 속이 비었다는 사실이었다.

빈 도시락과 차비뿐이라는 사실을 아무에게도 알리고 싶지 않았다.

두근거리는 심장 소리가 마치 드럼 소리처럼 진우의 귓가에서 '둥, 둥, 둥' 울려 퍼지고 있었다.

"젠장할, 한심한 작자네그려."

어디선가 소리가 났다.

3

태풍 할아버지

사람들이 소리가 나는 곳을 찾느라 두리번거렸다.

'아! 태풍 할아버지!'

공공근로를 하는 사람들이 '멋쟁이', '인기 스타'라고 부르는 태풍 할아버지였다.

사람들은 최 씨 할아버지라고 부르지만, 진우는 태풍 할아버지라고 불렀다.

할아버지가 나타나면 회오리바람이 불기 때문이다.

'태풍 할아버지, 저를 좀 구해주세요.'

진우는 눈을 감은 채 속으로 중얼거렸다.

"애가 뭘 좀 엎지른 걸 가지고 물어내라 말라 하고 있으니 쯧쯧
쯧……. 귀신도 안 물어갈 사람이네. 퉤퉤."

태풍 할아버지는 식당 바닥에 침을 뱉는 시늉을 하더니 진우한
테 눈을 끔뻑거렸다.

"화장실 가서 씻거라."

태풍 할아버지가 진우 엉덩이를 툭 치며 말했다.

"아니, 할아버지, 도대체 애 교육을 어떻게 하는 거예요? 그리고
방금 저한테 한 소리죠?"

부스스 파마머리 아주머니가 태풍 할아버지에게 따졌다.

"애! 넌 가봐."

부스스 파마머리 아주머니가 진우를 향해 고개를 까닥거렸다.

진우는 바닥에 떨어져 버린 음식들을 보았다.

식판을 빨갛게 물들인 김치 쪼가리, 두부조림, 돼지불고기, 된장
국, 양배추 샐러드, 콩자반 같은 것들이 눈에 들어왔다.

'넌 행운이 있을 거야.'

장미마을 작은 집에서 걸어 나와 시청으로 오는 길에 길거리 라
디오에서 흘러나오던 목소리가 생각났다.

'넌 행운이 있을 거야.'

'다 틀려. 다 틀렸어.'

진우는 그 자리를 쉽게 떠나지 못했다.

몸이 굳어버린 것 같았다.

화장실까지 어떻게 걸어갔는지도 기억이 잘 나지 않았다.

"휴우."

화장실 거울 앞에서 진우는 자기 모습을 비추어 보았다.

후줄근한 옷 여기저기에 빨갛고 까만 물이 들어있었다.

진우는 한숨을 내쉬었다.

오늘 점심 작전은 완전 실패였다.

할아버지가 먹을 음식을 도시락에 담지 못했기 때문이다.

식권을 내고 밥과 반찬을 식판에 많이 담아서 도시락에 담을 생각이었다.

복지관에서 주는 도시락보다는 시청 식당 밥이 맛있다.

오늘처럼 한 끼 식사를 날리면 식권 하나가 날아간다.

진우는 가만히 눈을 감은 채 오늘 나온 반찬들을 떠올렸다.

"할아버지가 좋아하는 두부조림이랑 돼지불고기도 나왔는데……."

진우는 반찬을 떠올리다 말고 눈을 떴다.

거울 속에 자기 얼굴이 보였다.

햇볕에 탄 옅은 갈색 얼굴에 빛나는 작은 눈, 엄마를 닮은 검은 빛이 도는 갈색 머리카락이 보였다.

할아버지는 진우 엄마가 참 예뻤다고 말해주었다.

"네 머리카락은 어미를 닮은 거여."

할아버지는 이렇게 말했다.

"이 정도면 연예인급이지. 엄마도 연예인처럼 예뻤을 거야. 아, 근데 김진우 연예인, 왜 밥을 못 담았습니까?"

진우는 자기 얼굴을 물끄러미 바라보았다.

얼굴을 거울 쪽에 바짝 붙이자 자기 얼굴은 없어지고 거울에 붙은 파리 스티커가 보였다.

'차라리 파리라면.'

진우는 부엌 창문을 넘나들며 온갖 맛있는 음식을 나르는 자기 모습을 그려보았다.

성큼성큼 걸어오는 발걸음 소리가 들렸다.

유리문 사이로 어른거리는 그림자가 보였다.

"진우야, 나오너라."

화장실 문이 활짝 열렸다.

"아! 태풍 할아버지."

덥수룩하니 기른 수염 속으로 웃는 얼굴이 보였다.

"뭐해? 얼른 나오지 않고. 밥 먹으러 가자."

태풍 할아버지가 손을 활짝 펼치며 나오라는 시늉을 했다.

"아주머니는 갔어요? 그 아주머니 있으면 못 나가요."

화장실 밖으로 후다닥 뛰어나오며 이리저리 두리번거렸다.

"걱정하지 마. 할아버지가 아주 혼꾸멍을 내줬어. 다시는 못 그럴 거야."

태풍 할아버지가 아주머니가 없다는 표시로 팔로 엑스(X) 자를 그려 보였다.

팔로 엑스 자를 그리자 태풍 할아버지는 아이언맨처럼 보였다.

"아주머니, 화 많이 났죠? 식판을 엎었다고 날 구워서 삶아 먹을 거 같았어요. 어찌나 화력이 센지, 구워져서 식탁에 올려질 뻔했어요. 휴우."

진우는 굳었던 몸이 풀려서 그런지, 태풍 할아버지를 만나서 그런지 말이 막 쏟아져 나왔다.

시청 식당 밖으로 나오자 태풍 할아버지는 성큼성큼 걸어가기

시작했다.

"지금, 나랑 달리기 시합이라도 하자는 거예요?"

"할애비를 이겨봐."

태풍 할아버지가 말했다.

진우는 태풍 할아버지가 좋았다.

특히 할애비를 이겨봐, 이런 말이 좋았다.

그런 말을 할 때 태풍 할아버지 눈에서는 광선이 나온다.

광선에 맞아본 사람은 안다.

누구나 태풍 할아버지의 눈빛에 사로잡히고 만다.

태풍 할아버지랑 함께 있으면 마음이 편안했다.

걱정할 일도 별로 없고, 재밌는 일이 자꾸자꾸 생겨났다.

"할아버지 치고 이렇게 걸음이 빠른 사람 처음 봤어요. 좀 천천히 가면 안 돼요? 헥헥."

태풍 할아버지를 따라가면서 소리쳤는데, 뛰다 말고 저절로 웃음이 나왔다.

그러다 태풍 할아버지가 연두색 포장마차 안으로 쑥 들어가는 모습을 보고, 진우도 따라 들어갔다.

김이 모락모락 나는 어묵 국물을 보자 입에 군침이 돌았다.

뱃속에서 꼬르륵 소리가 들렸다.

"어묵 국물 많이 주시고 여기, 샌드위치랑 핫도그도 좀 주시오."

태풍 할아버지가 손가락으로 음식을 가리켰다.

짧은 커트 머리를 한 아주머니가 국자로 어묵 국물을 떠서 종이 컵에 따라 주었다.

"뜨거워. 천천히 먹어."

아주머니가 말했다.

"아, 진짜 뜨겁다."

진우는 혀를 데어가며 어묵 국물을 호르륵호르륵 마시고는 샌 드위치 하나를 단숨에 먹어 치웠다.

"와아, 소시지다."

입가심으로 핫도그를 먹고는 샌드위치 쪽으로 또 손을 가져갔다.

달콤한 양념에 버무려진 달걀과 양파가 입안에서 살살 녹았다.

그렇게 허겁지겁 먹는 모습을 보던 태풍 할아버지가 말했다.

"인석아, 누가 뺏어 먹어? 천천히 먹어. 그러다가 탈 나."

태풍 할아버지가 등을 살살 쓸어주었다.

"할아버지가 뺏어 먹을까 봐요. 헤헤."

진우는 멋쩍은 웃음을 지었다.

"할애비는 서양 음식은 안 먹어."

"그럼 어묵 드세요."

"그건 일본 음식이지."

"에이, 나보고 편식한다고 하더니 할아버지가 편식하네."

"어디 보자. 메뉴가 뭐 이 모양이야. 좀 영양가 있는 음식은 없는 게야?"

할아버지가 샌드위치를 굽는 아주머니를 향해 말했다.

"이게 다 영양 만점이지. 더 좋은 음식이 어딨어요? 아, 학생이 잘 먹으니까 내가 다 기분이 좋네. 먹고 싶은 거 더 없니? 할아버지가 다 사주실 모양이다."

아주머니가 뒤집개로 샌드위치를 뒤집으며 말했다.

"여긴 더 먹을 게 없어요. 더 먹으라고 하시면 포장마차를 먹을 거 같아요."

진우가 달걀과 햄을 넣은 샌드위치를 입에 쑤셔 넣으며 웃자 음식물이 튀어나왔다.

"인석아, 할애비가 사줄 때 먹어. 내 주머니는 귀신이 털어가는 주머니야. 공공근로 하는 할멈들한테 다 털리기 전에 말해."

"할아버지, 주머니를 다 털리는 게 소원일 수도 있어요? 신기하다. 내 주머니는 언제나 비어있는데……. 그럼 할아버지는 내가 최고 부럽겠네요. 히히, 소원이 그렇다면 할 수 없죠. 내 배는 꽉 찼으니까 할아버지 드리게 전복죽이나 사서 주세요."

진우가 볼록 나온 배를 보이며 말했다.

김끝놀 할아버지는 전복죽을 좋아했다.

비싸서 자주 먹지는 못했지만, 돈이 생기면 전복죽을 먹으러 함께 나가곤 했다.

할아버지가 전복죽을 좋아하는 이유는 좀 슬펐다.

전복죽은 김끝놀 할아버지의 엄마가 할아버지를 보육원에 두고 갈 때 마지막으로 사주었던 음식이라고 했다. 그래서 할아버지는 어렸을 적에 전복죽을 먹을 때마다 엄마를 생각하면서 울었다고 한다.

지금도 여전히 할아버지는 전복죽만 보면 눈시울을 붉히곤 한다.

태풍 할아버지는 진우에게 전복죽을 두 그릇이나 사주고 일거리도 마련해 주었다.

일거리는 장미마을 놀이터를 청소하는 일이었다.

봄이 왔다고 해도 아직은 밤바람이 차가웠다.

진우는 전철역에서 내려서 외투의 지퍼를 올린 채 걸었다.

장미마을로 들어가는 큰 도로에는 아무도 없었다.

"혹시 모르니까 이걸 주워서 들고 가자."

진우는 길가에 떨어져 있던 나뭇가지를 얼른 주워서 휘둘러 보았다.

가로등이 군데군데 켜있고 하늘에는 달도 떠있었지만, 사람도 차도 보이지 않았다.

등줄기로 식은땀이 흐르고 으스스한 느낌도 들었다.

도로 옆 빈 밭에서 바람 부는 소리가 귀신 울음소리처럼 들렸다.

"뛰자. 우아아아아……."

진우는 큰 도로 옆으로 난 길을 있는 힘껏 달리기 시작했다.

빈 밭에서 나는 바람 소리를 듣지 않으려고 진우는 노래를 부르기 시작했다.

"나와라, 얼마든지 나와라. 밟아주마. 너만 잘 싸우냐? 나도 잘 싸운다."

진우 목소리는 빈 도로와 빈 밭에서 울려 퍼졌다.

"오호라, 기분 좋네, 오늘만큼만 배가 부르면 소원이 없겠네."

진우는 멈춰 서서 외계인 춤이라도 추고 싶었지만, 멈출 수가 없었다.

진우는 계속해서 다다다닥 소리를 내며 달려갔다.

심장이 터질 것 같았다.

“나와라, 얼마든지 나와라. 나도 잘 싸운다. 너만 잘 싸우냐?”

진우가 헉헉대며 같은 노래를 반복해서 부르고 있는 동안에 귀신들은 다 달아난 것 같았다.

“휴우, 이제 더는 못 뛰겠다.”

멈춰 서서 뒤를 돌아보았다.

차 한 대가 진우를 스쳐 지나갔다.

“아, 내 목에서 완전 아저씨 목소리 난다. 흠흠.”

4

수상한 장미마을 놀이터

"에구, 이눔아, 왜 이리 늦었어?"

진우는 순간 깜짝 놀랐다.

장미마을 골목길에서 할아버지가 목발을 놓치면서 진우를 보자마자 얼싸안았다.

"네가 안 나타났으면 할애비는 걱정이 되어서 예서 자빠져서 죽었을지도 몰라."

할아버지는 집으로 갈 생각은 하지 않고 자꾸만 진우를 쓰다듬었다.

"개울 있는 데서는 진짜 무섭긴 했어."

"인석아, 왜 이리 늦게 온 게야? 어디 붙잽혀 간 줄 알았구먼."

"할아버지, 이것 봐. 전복죽이야. 내가 뭐랬어? 해낸다고 했지? 저녁도 먹었다고. 손자를 한번 믿어봐."

진우가 전복죽이 든 종이 가방을 들어 보였다.

할아버지 눈시울이 붉어졌다.

"모든 게 다 못난 할애비 탓이여."

"뭐라는 거야? 난 오늘 최고로 기분 좋았는데."

진우는 빙긋이 웃었다.

오늘은 아슬아슬한 날이었다.

성공에서 실패로 바뀔까 봐 두근대는 날이기도 했다.

이 정도면 대성공이라는 생각도 들었다.

태풍 할아버지 덕분에 핫도그와 샌드위치를 먹었고, 김끝놀 할아버지가 좋아하는 전복죽까지 가져왔으니 더는 바랄 게 없었다.

밤하늘을 올려다보았다.

별이 반짝반짝 빛나고 있었다.

진우는 할아버지에게 오늘 있었던 일을 자랑 삼아 늘어놓기 시

작했다.

　할아버지에게 한껏 부풀려서 말하다 보니 스스로 영웅이라도 된 것 같아 어깨가 으쓱해졌다.

　"진짜로 무서운 아줌마를 만나긴 했어. 난 엄마들은 다 좋은 사람들인 줄 알았는데 아니더라고……."

　진우가 시청 식당에서 식판을 엎은 이야기를 하자 할아버지는 부스스 파마머리 아주머니에게 화를 버럭버럭 냈다.

　"대체 어떤 여자여? 다음에 만나면 따끔하게 혼내줄 거구먼."

　"몰라, 처음 보는 아줌마야. 태풍 할아버지 덕분에 겨우 살았어."

　진우가 태풍 할아버지가 자신을 구해준 이야기를 털어놓자, 할아버지는 미심쩍은 눈빛으로 말했다.

　"그 영감탱이가 웬일이여. 나랑은 말도 안 섞는 놈인디."

　"할아버지랑은 대화의 눈높이가 안 맞나 보지. 할아버지 손자가 좀 수준이 높잖아. 히히."

　"아무래도 뭔 꿍꿍이가 있는 게 분명헌디."

　"난 태풍 할아버지가 최고로 좋아. 할 일을 소개해 줬어. 내가 일을 도와주면 태풍 할아버지한테 나오는 돈을 조금 나눠준다고 했어. 엄청 쉬운 일이야."

　"뭔 일인디 그려?"

"비밀이야."

"이눔아, 할애비한텐 다 털어놓아야지. 비밀이 어딨어? 어여 말혀봐. 위험한 일 아니여?"

"아주 쉬운 일이라니까. 너무 걱정하지 마. 너무 걱정만 하는 너무 할아버지."

"이눔이! 어여 가자. 감기 들겄어."

"할아버지, 우리한테는 이제 행운이 찾아올 거야."

"그려? 왜 그리 생각혀?"

"그냥."

산 아래 작은 집에 도착하자 김끝놀 할아버지는 전복죽을 남김없이 먹어 치웠다.

그릇을 싹 비운 뒤에야 진우를 보고 씽긋 웃었다.

눈시울을 붉히지도 않았다.

"손자가 갖다준 죽이 울 엄마가 사준 전복죽보다 맛있네그려. 허허."

"나이스! 성공!"

진우는 숟가락을 드럼 치듯이 두드려 대며 소리쳤다.

진우는 일기를 쓰고 난 뒤에야 잠자리에 들었다.

감긴 눈앞으로 장미 놀이터가 영화의 한 장면처럼 펼쳐졌다.

태풍 할아버지가 청소하라고 알려준 놀이터였다.

장미 놀이터에는 덩굴장미가 울타리를 휘감고 있고, 바람이 불 때마다 노랑, 빨강, 하얀색의 장미꽃잎이 하늘에서 휘리릭 휘날리며 떨어졌는데, 마치 눈앞으로 곧바로 떨어지는 것 같았다.

진우는 꽃비와 함께 잠 속으로 빠져들었다.

다음 날, 진우는 장미 놀이터로 가기 위해 후다닥 신발을 꿰어 신었다.

"이 정도면 완벽해. 자, 출발!"

한 손에는 재활용 물품을 담을 자루와 면장갑과 쓰레기봉투를 들고, 한 손에는 집게를 든 채 집을 나섰다.

"기분 끝내주는걸. 태풍 할아버지가 통장에 돈을 넣어주면 제일 먼저 뭘 할까? 아! 할아버지 눈 수술! 나도 돈을 보태야지."

진우는 입가에 웃음을 띤 채 중얼거렸다.

몇 달 전에 병원에서는 할아버지 눈에 백내장이 생겼으니 수술 해야 한다고 했다.

할아버지는 절대로 수술은 하지 않겠다고 버텼다.

진우는 병원에서 입을 꽉 다문 채 고개를 흔들던 할아버지를 떠올렸다.

'할아버지가 고집을 부리면 누구도 꺾을 수가 없어. 할아버지는 누굴 닮아서 그렇게 고집이 센 걸까? 나야 할아버지 닮아서 고집이 세지만.'

진우는 학교에서 입을 다문 채 지내던 자신을 떠올렸다.

'난 공공근로를 하는 할머니, 할아버지들하고만 말해. 낯선 사람이 물어보면 대꾸도 하지 않지. 반 애들하고도 말을 한마디도 안 하지……. 누구든 내 맘속으로 걸어 들어와야 해. 안 그러면 말이 안 나와. 내가 걸어 들어간 적은 한 번도 없거든. 헐, 누군지 고집 진짜 세다, 김진우 고집 대박이다. 나는 왜 다른 사람 마음속으로 들어갈 자신이 없는 걸까?'

장미 놀이터로 가는 동안에 진우는 그렇게 여러 가지 생각을 했다.

덩굴장미가 드리워진 장미 놀이터 앞에 다다르자 나뭇가지 사이에서 짹짹거리고 있던 새들이 놀이터 나무 창살 위로 내려앉았다.

울타리를 따라 피어난 장미꽃 봉오리에서 향긋한 장미 향기가 났다.

어디선가 사르륵 소리가 들렸다.

누군가 장미 놀이터 한편에서 몰래 일을 꾸미는 것 같았다.

꿈에서 본 장면과 똑같지는 않았지만, 장미 놀이터는 처음 온 사람을 설레게 하는 뭔가 특별한 힘이 있어 보였다.

"저기 저 커다란 나무 뒤에서 마법사가 숨어있다가 뚜벅뚜벅 걸어 나올 거 같아."

진우는 아름드리나무를 홀린 듯이 바라보았다.

진우는 그네 옆에 있는 소주병과 미끄럼틀에 버려진 빈 깡통을 재활용 자루에 담기 시작했다.

정글짐 사이로 사뿐히 떨어져 있는 아이스크림 봉지와 형체를 알아볼 수 없는 닭 뼈다귀, 다채로운 색깔의 비닐봉지들은 집게로 집어서 일반 쓰레기봉투에 담았다.

깨진 병 조각은 장갑을 끼고 손으로 하나씩 다 주웠다.

놀이기구들 사이를 돌아다닌 지 두 시간이 훌쩍 지나자 장미 놀이터는 제법 깨끗해졌다.

"청소도 다 했는데 상상을 좀 해볼까?"

진우는 미끄럼틀에 누웠다.

"음……. 구름으로 엄마를 만들어볼까? 엄마는 어떤 얼굴일까? 어쩌면 엄마는 다림이처럼 생겼을 수도 있어."

큰 키에 얼굴은 하얗고 눈이 커다란 다림이는 진우에게 유독 말을 많이 걸었다.

다림이는 웃기도 잘했다.

담임선생님은 다림이를 '큰 숲'이라고 불렀다.

담임선생님이 다림이 보고 "'많을 다'에 '수풀 림'을 쓰는구나", 이렇게 이야기하는 걸 들은 뒤부터 진우도 다림이만 보면 '야, 큰 숲!' 이렇게 부르곤 했다.

물론 속으로만 말해서 다림이는 듣지도 못했다.

진우는 미끄럼틀에 누워서 여러 가지 상상을 했다.

햇빛이 달구어놓은 미끄럼틀이 따뜻해서 눈꺼풀이 자꾸만 감겨왔다.

진우는 어느새 스르르 잠으로 빠져들었다.

진우는 꿈속에서 산으로 향했다.

주위는 탁 트여서 평야가 펼쳐져 있었고,

산은 하늘 끝까지 봉우리가 닿아있었다.

수백 개의 산봉우리가 있었다.

진우는 눈을 들어 작은 산봉우리들을 살펴보았다.

봉우리마다 깊고 깊은 숲이 펼쳐져 있었다.

진우는 작은 산봉우리 서너 곳을 지나 큰 봉우리로 향했다.

진우가 숲속 깊이 들어서자 신화 속 인물들이 숲 여기저기서 튀어나

왔다.

오늘이가 나오고 마고 할미도 나오고 자청비도 나왔다.

기다란 검은 머리카락에 늠름한 체격, 하얀 얼굴을 한 자청비의 모습

은 정말 예뻤다.

흑갈색 머리칼의 여자가 보였다.

뒷모습이었다.

"엄마?"

진우가 여자를 향해 소리쳤다.

"엄마! 가지 마!"

여자는 숲속을 걷다 말고 진우가 부르는 소리에 뒤를 돌아보았다.

순간 여자는 돌이 되었다.

돌 부스러기가 투드득, 여자의 몸에서 떨어져 내리고 있었다.

5

열혈 소녀 다림이와 힐링 셔츠 우연이

온몸에서 땀이 흘렀다.

미끄럼틀에서 일어나려고 몸을 뒤척거렸다.

'나도 엄마처럼 돌이 되었나?'

선뜩해지면서 차가운 느낌이 들었다.

"끼이익."

어디선가 소리가 들려왔다.

"끼이익, 끼익."

소리가 또 들렸다.

눈을 뜨고 싶은데 뜰 수가 없다.

"끼이익, 끼익."

소리가 계속해서 들려왔다.

몸을 움직이려고 힘을 주었다.

"끼이익, 끼익."

'고개는 돌아가나? 아, 돌아간다.'

천천히 흘러가는 영화처럼 느리게 고개가 돌아갔다.

"끼이익."

드디어 소리가 나는 곳을 보았다.

'잠에서 안 깼구나.'

그네에는 옛이야기에 나올 법한 여자아이가 앉아있었다.

까만색의 기다란 머리카락, 하얀 얼굴, 늠름한 체격, 길쭉한 다리.

자청비다.

사랑과 곡식의 여신 자청비는 스스로 사랑을 성취하는 신이며 식물들을 살아나게 하고 농사를 잘되게 해주는 풍요의 신인데 장미 놀이터에 나타났다.

꿈이 확실했다.

이런 꿈을 꾸는 건 할아버지가 가져다준 신화 책을 너무 많이 읽은 탓이다.

진우는 고개를 흔들었다.

'깨어나자. 자청비가 놀이터에 나타날 리가 없잖아.'

하얀 얼굴과 검은 머리카락을 다시 보았다.

다른 점이 보이긴 했다.

꿈에서 본 자청비는 머리카락을 풀고 있었는데, 놀이터에 나타난 자청비는 까만색 머리카락을 파란 리본으로 단정하게 묶어서 오른쪽 어깨 앞쪽으로 흘러 내려오게 했다는 점이 달랐다.

'귀신인가? 놀이터 귀신?'

등줄기로 소름이 지나갔다.

'휴우, 진정하자. 다른 생각을 해보자.'

고개를 살며시 다시 돌려보았다.

여자아이는 한 번씩 발을 굴러 땅을 차며 그네를 밀고 있었다.

그네가 내려올 때마다 초콜릿을 조금씩 떼어 먹고 있었다.

파란 리본이 흔들렸다.

'귀신이면 한판 뜨지 뭐. 오라고 해!'

진우는 눈을 부리부리 뜨고는 미끄럼틀에서 벌떡 일어났다.

꿈도 아니고 귀신도 아니었다.

자청비를 닮은 여자아이는 초콜릿이 묻은 입가를 손수건으로 닦아내더니 진우 쪽을 돌아다보았다.

"야! 너, 진짜 오래 자더라."

진우는 여자아이가 말하는 순간 진짜로 돌이 되어버릴 것 같았다.

'다림이가 왜 여기에 있지?'

스르르 미끄럼틀에 벌러덩 누워버렸다.

"쿵."

"장미 놀이터에서 너 본 거 처음이야."

다림이가 그네에서 일어나더니 진우에게 다가왔다.

하늘하늘한 검은색 학교 체육복을 입은 다림이가 눈을 동그랗게 뜬 채 진우를 보았다.

진우는 아무 말도 하지 못한 채 미끄럼틀에 누워서 움직일 줄 몰랐다.

"야! 또 입 닫았냐?"

다림이가 미끄럼틀을 발로 걷어찼다.

"쾅, 쾅, 쾅."

그제야 진우는 굳었던 몸을 풀며 미끄럼틀에서 천천히 일어났다.

꿈과 상상은 진짜로 보이는 거랑은 달랐다.

수첩에 '수상한 장미마을 시리즈 여섯 번째, 놀이터에 귀신이 나타났음, 사랑과 곡식의 여신 자청비일 수도 있음.' 이런 문장을 적을 일은 없었다.

"아, 씨, 그만 좀 봐라. 입에 아직도 초콜릿 묻었냐? 그래서 자꾸만 보는 거냐고?"

다림이가 물었다.

진우는 허둥지둥 옆에 놓였던 재활용품이 들어있는 자루를 들어 올렸다.

'아까는 똑같아 보였어.'

진우는 재활용 자루를 들고는 놀이터 가장자리에 있는 아름드리나무 쪽으로 재빠르게 발걸음을 옮기며 생각했다.

"야! 사람이 말을 걸면 대꾸를 해야지. 내가 투명인간이냐? 너, 언제까지 말 안 하나 두고 보자."

등 뒤에서 다림이가 소리를 쳤다.

진우는 발걸음을 옮기다 말고 재활용품이 들어있는 자루를 떨어뜨렸다.

다림이 쪽을 보니 진우에게 말 걸기를 포기했는지 그네에 다시 앉아있었다.

등줄기로 흘러내린 땀이 식어서 오들거리며 떨려왔다.

장미 놀이터 입구 쪽에서 자전거가 '끼익' 하고 멈추는 소리가 들렸다.

한 무리의 아이들이 자전거에서 내려서 시끌벅적하게 떠들어대고 있었다.

텅 비었던 장미 놀이터에 한꺼번에 공간 이동이라도 하듯이 아이들이 갑자기 나타났다.

"아 씨, 아빠가 학원 빠졌다고 하도 잔소리를 해대는 통에 지루해서 혼났어. 몸 좀 풀어보자."

이마 위로 머리카락을 내린 아이가 슬리퍼를 질질 끌며 놀이터 안으로 걸어 들어왔다.

"학원 빠진 걸 들키지 말았어야지. 잘못하다간 자전거 홀라당 뺏긴다고."

그 뒤를 헐렁한 셔츠를 입은 녀석이 따라 들어왔다.

"학원 안 가니까 발이 땅에 안 닿기는 하더라. 기분이 좋아서 막 날아다니는 줄 알았어. 킥킥."

슬리퍼를 질질 끌며 들어오는 아이는 낯이 익었다.

이마 위로 내려온 앞머리랑 동그란 얼굴, 볼록 튀어나온 동그란 볼을 어디서 봤다는 생각이 들었다.

진우는 아이와 슬리퍼를 번갈아 보다가 고개를 갸우뚱거렸다.

'아! 고물상.'

진우는 며칠 전에 고물상에 들른 적이 있었다.

고물상에는 종이와 상자, 컴퓨터와 옷장, 서랍, 냉장고 텔레비전 같은 것들이 대충 정리되어 여기저기 쌓여있었다.

진우는 사무실 앞에 나와있는 사람에게 다가가서 자물쇠가 있는지 물어보았다.

"글쎄다. 그런 자물쇠가 있으려나? 네가 한번 찾아봐. 찾으면 그냥 줄게."

고물상 주인 말을 들은 진우는 엉망진창으로 쌓아놓은 재활용품들 사이를 누비고 다녔다.

"블랙홀이네. 여기서 어떻게 찾지?"

진우는 열쇠 종류는 어디에 있는지 물으려고 뒤를 돌아보았지만, 고물상 주인은 폐품을 싣고 온 할아버지랑 이야기를 나누느라 정신이 없었다. 그러다 사무실을 향해 말했다.

"동민아, 막걸리 한 잔만 좀 내와라."

고물상 주인은 손수레에 잔뜩 실려온 폐품들에 단가를 매기면서 한 번 더 동민이를 불렀다.

곧이어 잔뜩 부루퉁한 동민이가 종이컵에 막걸리를 따라서 가

지고 나왔다.

동민 아빠는 손수레에 재활용품을 싣고 온 할아버지에게 주고
는 한 잔만 가져왔느냐며 동민이를 타박했다.

"아이 씨, 한 잔이라며? 아빠가 갖다 먹어. 유튜브 봐야 해. 나한
테 아주 중요한 거라고……."

동민이가 투덜거리면서 다시 작은 유리창이 있는 사무실로 걸
어 들어갔다.

"저 자식 저거. 게임 하는 거 내가 다 아는데……."

동민 아빠도 투덜거리며 사무실로 들어갔다.

작은 유리창 너머로 동민이 머리통에 꿀밤을 먹이고 막걸리를
가지고 나오는 동민 아빠 모습이 보였다.

진우는 그때, 텔레비전 아래에 깔린 반짝거리는 갈색 쇠붙이를
보고는 동민 아빠를 향해 소리쳤다.

"아저씨, 저기 저, 텔레비전 좀 치워도 돼요? 저 아래에 자물쇠
가 있는 거 같아요."

'어? 그래, 쌓은 거 무너뜨리지만 마."

"예."

진우는 작은 텔레비전을 들어 올려 자물쇠를 빼냈다.

그건 그냥 보통 자물쇠였다.

"아, 이건 별로다."

그날, 진우는 맘에 드는 자물쇠를 구하지 못했다.

영화에 나오는 최첨단 자물쇠를 구하고 싶었는데, 고물상에는 그저 그런 평범한 녹슨 자물쇠만 눈에 띄었다.

"틀림없어. 투덜대던 그 목소리. 동민이가 맞아."

사무실 안으로 동민이가 질질 끌고 들어가던 슬리퍼, 그 색깔도 칙칙한 남색이었다.

"장미 놀이터야, 우리가 왔다. 모두 모두 비켜라! 우주 전쟁, 스타워즈를 할 시간이 왔도다."

아이들 넷이 재주넘기를 하고 서로 시끄럽게 떠들어대며 돌아다니자 놀이터에는 삽시간에 먼지가 일어났다.

"우주인이든 지구인이든 쓰레기만 버려봐. 가만 안 둔다."

진우는 아름드리나무 아래에서 네 명의 아이들을 지켜보았다.

사각턱에 다부진 체격을 한 아이가 나무에 대고 주먹질하는 모습이 보였다.

'저러다 가겠지.'

진우는 아름드리나무 아래서 살랑거리는 연초록 나뭇잎을 보았다.

나무는 느티나무인 것 같았다.

태풍 할아버지가 느티나무에 대해 말해준 적이 있었다.

'느티나무는 사람들이 쉬어가는 나무야. 봄에는 연둣빛 새싹이 올라오고 여름에는 커다란 잎사귀가 사람들의 더위를 식혀줘. 느티나무 아래에서 사람들은 집 나간 사람을 기다리기도 하고, 일을 마치고 돌아오는 아비를 기다리기도 하지.'

진우는 태풍 할아버지 말을 떠올리며 빙긋이 웃음을 지었다.

"느티나무야, 난 이제 다음 달이면 돈을 벌어. 태풍 할아버지가 장미 놀이터 청소만 말끔히 하면 할아버지 몫으로 나온 급여를 좀 떼어 준다고 했어."

진우는 뿌듯한 얼굴로 재활용 물건들이 잔뜩 들어있는 자루를 어루만졌다.

"이제 이걸 들고 집으로 가야겠다."

"너! 우리 그네에서 내려!"

진우가 재활용 자루를 들고 일어서려는데 누군가 외치는 소리가 들려왔다.

고개를 들어 다림이 앞에 버티고 선 헐렁 셔츠를 보았다.

다림이는 그네에 앉은 채 손바닥 위에 올려놓은 뭔가를 보고 있었다.

진우는 눈을 가늘게 뜨고 다림이 손바닥을 보고, 무릎 위에 놓인 플라스틱 통을 보았다.

어깨에 삐뚜름하게 멘 그물망이 있는 가방은 지퍼가 열려있었다.

"내리라니까!"

헐렁 셔츠가 씩씩거리며 내쉬는 숨소리가 진우에게까지 들리는 듯했다.

녀석이 모랫바닥을 걷어차자 먼지가 일어났다.

"푸우우."

그제야 다림이는 한쪽 손을 들어 모래 먼지를 털어내는 시늉을 했다.

"아, 시끄러워. 조용히 좀 해라. 씨앗들한테 자장가 불러주고 있단 말이야. 너희는 애들이 여기에 오기까지 얼마나 시간이 오래 걸렸는지 알기나 해? 그러니까 조용히 해."

"뭐래? 너, 미쳤냐?"

헐렁 셔츠가 인상을 잔뜩 쓰며 말했다.

"못 알아들을 줄 알았어. 씨앗이 잠자기는 다 글렀네."

다림이는 손바닥 위에 올려놓았던 씨앗들을 조그만 플라스틱
통에 담았다.

다림이가 까딱도 하지 않자 헐렁 셔츠가 이번에는 그네를 발로
걷어찼다.

그네가 휘청대더니 쇠사슬로 된 줄이 흔들렸다.

'저 새끼!'

진우는 벌떡 일어섰지만, 나무줄기에 묶인 것처럼 앞으로 나아
가지 못했다.

심장은 빠르게 뛰고 있는데, 몸은 한 발자국도 뗄 수가 없었다.

'김진우, 너는 왜 집에 가지도 못하고 싸우지도 못하고 있냐?'

나무에 기댔다.

손에 들고 있던 휴대전화가 툭 떨어지면서 토르의 망치가 흔들
렸다.

진우는 눈을 감았다.

번갯불이 하늘에서 번쩍거리고 있었다.

천둥의 신 토르가 휘두르는 망치가 보였다.

무시무시했다.

우르르 쾅쾅 소리가 났다.

번개 치는 소리에 온 천지가 흔들렸다.

진우는 자기 맘속으로 들어가서 깊이깊이 숨었다.

천둥의 신이 소리쳤다.

"겁쟁이 녀석."

눈을 번쩍 떴다.

"겁쟁이 녀석!"

토르가 꾸짖는 소리가 귀에 쩡쩡 울렸다.

그네 쪽을 다시 보았다.

"너, 나 무시하는 거냐? 주먹맛 좀 보여줘? 뭐 말로 안 되면 주먹을 좀 써야겠지."

헐렁 셔츠는 두 주먹을 자기 얼굴 앞으로 들어 올려 이리저리 내지르며 때리는 시늉을 했다.

"야, 그만둬. 내일 오자."

동민이가 놀이터를 나가자는 손짓을 했다.

"넌 꺼져!"

헐렁 셔츠가 동민이에게 소리쳤다.

"아우, 너희들, 정말 시끄럽다. 내가 상대 안 하려고 했는데, 안 되겠다."

다림이는 가방 안에 플라스틱 씨앗 통을 넣은 다음에 아주 천천히 그네에서 일어섰다.

마치 커다란 나무가 하늘을 향해 천천히 자라나는 것처럼 보였다.

순간, 헐렁 셔츠가 다림이를 향해 주먹을 홱 날렸다.

예상치 못한 행동에 모두 깜짝 놀랐다.

어쩔 줄 모르며 자기 주먹질에 놀라서 멍하니 서있는 헐렁 셔츠의 모습은 보기 딱할 지경이었다.

진우가 보기에도 허세만 가득한, 여리고 여린 주먹질이었다.

다림이는 고개를 뒤로 젖히면서 헐렁 셔츠의 손을 가볍게 쳐냈고, 헐렁 셔츠의 손은 공중에서 갈 곳을 모른 채 헤매다가 급기야는 주먹 쥔 손을 스르르 풀어야 했다.

"비겁한 놈! 싸우자는 신호도 안 보내고 주먹을 먼저 날렸어! 반칙이야! 반칙!"

진우는 소리를 버럭 질렀다.

네 명의 아이들은 그제야 놀이터 안에 다림이와 자기들 말고 또 다른 누군가가 있다는 걸 알아차렸다.

장미 놀이터 여기저기에 흩어져 있던 아이들이 진우를 보았다.

느티나무에 기대어 있던 진우는 얼른 몸을 낮췄다.

아이들은 진우가 보이지 않자 눈길을 다시 다림이에게로 돌렸다.

진우는 나뭇잎 사이로 아이들을 지켜보았다.

다림이와 헐렁 셔츠가 보였다.

다림이는 그네에서 조금도 비켜서지 않고 있었다.

땅에 뿌리를 내린 나무처럼 그 자리에 굳건히 버티고 서있었다.

"야, 우연아, 그만하자."

동민이가 남색 슬리퍼를 질질 끌며 헐렁 셔츠에게 다가가는 모습이 보였다.

"앗, 저리 좀 가. 비켜, 비키라고!."

우연이 목소리는 갈라져 있었다.

우연이가 세게 밀어버리자 동민이는 뒤로 벌러덩 넘어졌다.

순간, 다림이의 주먹이 우연이 얼굴을 향해 빠른 속도로 날아갔다.

코피가 주르르 흐르고 우연이 몸이 휘청거렸다.

코피가 흐르자 우연이는 무슨 일이 일어났는지 모르겠다는 표정으로 멍하니 다림이를 보았다.

얼굴을 가만히 만지더니 종이를 구기듯 인상을 팍 쓰고는 악을 쓰기 시작했다.

기괴한 소리를 지르며 냅다 다림이를 향해 돌진했다.

  수상한 장미마을

그네를 등지고 서있던 다림이는 달려드는 우연이의 머리통에 밀려 휘청 흔들리다가 그넷줄에 부딪히며 모랫바닥으로 거칠게 미끄러졌다.

다림이가 모랫바닥에 앉은 채로 손바닥을 펴보았다.

모래와 작은 돌가루들이 보였다.

핏물이 배어 나오고 있었다.

흔들거리며 높이 치솟았던 그네는 다시 덜컹, 쉿소리를 내며 돌아왔다.

진우의 심장도 덜컹 소리를 내며 그네와 함께 높이 치솟았다가 떨어졌다.

진우는 이를 꽉 깨문 채 눈을 감았다가 떴다.

눈을 뜨자 다림이가 보였다.

다림이는 손을 탁탁 털고 일어나서 어느새 우연이 앞에 서있었다.

"좋아, 좋아, 다 덤벼! 덤비라고!"

다림이는 모래를 툭툭 털어내더니 달려드는 네 명의 아이들을 하나씩 때려눕히기 시작했다.

한 편의 액션 영화를 보는 것 같았다.

다림이는 한 손으로 그넷줄을 잡은 채 발차기를 했다.

진짜로 원더우먼이나 여신 자청비가 나타난 거 같았다.

"퍽, 파바박, 퍽, 퍽……."

발 차는 소리도 요란했다.

하지만 액션 영화는 길게 이어지지 못했다.

어느새 다림이 머리는 헝클어졌고, 파란 리본은 땅으로 떨어져서 모래 속에 파묻혔다.

진우는 아이들에게 몰려 놀이터 가장자리까지 물러선 다림이를 보았다.

속이 싸하고 쓰린 느낌이 들었다.

날카로운 돌멩이 여러 개가 가슴뼈 아래쪽에서 이리저리 부딪치자 가슴뼈가 뻐근했다.

"도와줘야 하나?"

"내가 왜?"

"난 한라 장군이나 백두 장군이 아니야."

말과는 달리 진우는 다림이 쪽을 향해 천천히 발걸음을 옮기고 있었다.

손과 다리가 머리와는 다르게 움직이고 있었다.

"난 아이언맨이 아니야. 스파이더맨도 슈퍼맨도 아니라고."

진우는 다림이를 향해 달리기 시작했다.

짧은 찰나, 진우는 자신이 신화 속 영웅처럼 느껴졌다.

진우의 발은 전속력으로 달리기 시작했고 놀이터 주위는 전쟁터가 되어서 천천히 움직였다.

살랑대는 바람이 놀이터 주위에 피어난 덩굴장미를 흔들었고, 아이들은 서로를 향해 외쳐댔다.

진우는 우연이에게 바로 돌진했다.

"너! 그 자리에 가만히 있어. 꼼짝 마!"

진우가 소리쳤다.

"너! 죽여버릴 거야!"

진우는 순식간에 우연이의 어깨를 밀치고는 깔고 앉아 주먹을 날렸다.

정신없이 몇 대인가를 쳤을 때 나머지 세 명이 진우 목을 잡고 끌어내렸다.

숨이 막혔다가 풀리고, 발로 차이고 두들겨 맞아서 온몸에 멍이 들고 피가 줄줄 흐르는 것도 같았다.

진우는 눈을 감은 채 누워있었다.

숨이 빠르게 들어갔다 나왔다.

가슴이 들썩거렸다.

"에이 씨."

입술이 터졌는지 입을 벌릴 때마다 따끔거렸다.

다림이가 소리치는 소리가 들려왔다.

"경찰서죠? 여기 장미 놀이터인데요. 제 친구가 맞고 있어요.
예, 얼른요, 얼른 오세요. 제가 마을 입구까지 나가 있을게요."

진우는 다림이 목소리를 들으며 눈을 떴다.

눈 가장자리가 따끔거렸다.

놀이터 바닥에 넘어질 때 모랫바닥에 부딪힌 듯했다.

부은 눈으로 다림이를 보았다.

'쟤는 아무렇지도 않네. 펄떡펄떡 기운이 나서 뛰어다니네?'

다림이는 놀이터 밖으로 후다닥 달려 나가고 있었다.

'근데, 뭐, 내가 자기 친구라고? 친구?'

진우는 갑자기 온몸에서 스르르 힘이 빠져나가는 걸 느꼈다.

햇빛을 받아서 따뜻해진 모랫바닥에 누운 채 참 이상하다는 생
각을 했다.

"나한테는 친구가 없어."

진우는 나지막하게 중얼거렸다.

"진짜로 친구라고 했나? 쟤가?"

수첩을 꺼내 '수상한 일' 시리즈에 '장미마을에서 벌어진 최고의 수상한 일'이라고 적고 싶었다.

수첩에 적는다고 해서 진우의 궁금증이 풀릴 것 같지는 않았다.

궁금증을 해결해 줄 수 있는 사람은 다림이밖에 없었다.

모래바람을 일으키며 순식간에 사라진 다림이 말이다.

6

세상 모든 엄마

　자전거 타이어 바퀴가 내는 바람 소리, 핸들 돌리는 소리, 자전거가 서로 부딪치는 소리가 시끄럽게 들려왔다.

　"누가 쟤 저렇게 뻗게 만들었어? 난 별로 세게 치지도 않았다고."

　"뭐 임마, 네가 주먹질하는 거 내가 다 봤어."

　"근데, 쟤 괜찮을까?"

　"당연히 괜찮지. 근데 경찰 뜨면 우린 잡혀가."

　"이런, 토끼자."

아이들이 나가고 나자 시끄러웠던 장미 놀이터는 다시 조용해
졌다.

어딘가에서 새소리가 들리는 것 같았다.

'아, 일어나야겠어.'

진우는 눈을 감은 채 생각했다.

'이참에 좀 쉬어갈까?'

별로 아프지는 않았다.

기운이 없을 뿐이었다.

눈을 뜨자 부은 눈 안으로 파란 하늘이 들어왔다.

그때, 새파란 하늘만큼이나 쩡쩡 울리는 목소리가 울려 퍼졌다.

"야! 김진우! 일어나지 마. 잠깐, 기다려."

진우는 몸을 움직이려다 말고 차렷 자세로 누워있었다.

다림이가 장미 놀이터 안에서 이리저리 뛰어다니다가 돌아왔다.

"내가 너 치료해 줄게."

다림이는 진우 옆에 앉더니 쿵쿵 소리를 내며 뭔가를 찧어댔다.

'경찰 데리러 간다더니. 아까 그 전화는 쇼였나? 너무 조용하잖
아.'

진우는 고개를 돌려 다림이를 보았다.

"이건 봄 쑥이야. 풀 매주는 사람이 없어서 쑥이 올라왔어."

바람을 타고 쑥 냄새가 진우 콧속으로 들어왔다.

'쑥이라니? 으윽.'

진우는 쑥 냄새를 맡고 인상을 썼다.

다림이는 익숙한 손길로 상처가 난 진우 팔다리에 찧은 쑥을 바르고 손수건으로 감싸줬다.

진우는 눈을 살짝 뜨고는 자기 손과 팔, 다리에 올려놓은 쑥을 보았다.

'지금 장난하냐?'

웃음이 나왔다.

"엄마는 내가 상처가 날 때마다 이렇게 해줬어. 난 모든 식물을 살리는 게 꿈이야. 근데 지금은 식물을 죽여서 어떤 멍청한 애를 치료해 주고 있네. 네가 내 꿈을 방해하고 있는 거야."

다림이는 진우 옆에 앉은 채 뿌듯한 웃음을 짓고 있었다.

'야! 이러지 마.'

진우는 다림이를 보았다.

"좀 있으면 별로 아프지 않을 거야. 조금만 기다려봐. 하하, 근데

너, 꼭 쑥 범벅 좀비 같아."

'아, 됐어, 이건 아니야.'

진우는 피식피식 웃으면서 여기저기 묶어놓은 손수건을 빼고 쑥을 털어낸 다음에 일어서려고 했다.

"이게? 힘들게 치료해 줬더니. 너, 꼼짝 마."

다림이는 좀비 같은 모습으로 누워있는 진우 옆에서 계속 있으려는 모양이었다.

진우는 일어서려다 말고 다시 누웠다.

자기가 생각해도 이 모습이 우스워서 자꾸만 웃음이 나왔다.

"야, 웃지 마. 입술 터지잖아."

다림이가 진우 머리를 툭 치더니 쑥을 입술에 올려놓았다.

"웃지도 말고 말하지도 마. 아, 넌 원래 말 안 하지. 음······. 움직이지도 마. 쑥 붙여놓은 거 떨어지니까."

다림이가 진우를 보며 눈에 힘을 잔뜩 주었다.

진우는 다림이 눈빛에 묶인 채 꼼짝도 하지 못했다.

팔다리에 쑥이 다시 올라왔다.

손수건으로 꽁꽁 묶어놓아서 이젠 쉽게 풀 수도 없었다.

"저 자식들, 내일 또 올 거 같아. 아, 저 자식들 오면 상당히 골치 아픈데······. 다 큰 애들이 무슨 우주전쟁 놀이야. 팍 죽여버릴 수도 없고. 세게 쳤어야 했는데 처음에 나대던 그 우연이란 놈은 내가 좀 살살 쳤어."

다림이가 말하는 동안 진우는 누운 채로 하늘을 보았다.

회색 구름이 몰려오고 있었다. 비가 올 것 같았다.

아이들이 사라져 버리고 나자 장미 놀이터에는 옆에서 혼자 떠들고 있는 다림이 목소리만 울려 퍼졌다.

팔다리에 붙여놓은 쑥이 다 마르자 다림이는 쑥을 다 떼어냈다.

"자, 치료 끝!"

다림이가 쑥물이 든 찢어진 손수건을 가방 안에 넣었다.

다림이 손가락에는 짙은 초록색 물이 들어있었다.

쑥 덕분에 상처 난 곳이 아물었는지, 처음엔 따끔거렸지만 시간이 지나니까 아프지 않았다.

진우는 팔과 다리를 살살 움직여 보았다.

팔도 다리도 발목도 다 잘 돌아갔다.

진우가 모랫바닥에 누워있다가 그넷줄을 잡고 일어서자 끼익 소리가 들렸다.

발을 디디자 살짝 아픔이 느껴졌다.

"너 싸움 못하더라. 그렇게 싸우려면 아예 붙지를 마."

다림이는 주먹을 휘두르며 이렇게 싸우라는 모양새를 취했다.

"나한테 구해줘서 고맙다고 해라."

다림이는 옷에 묻은 먼지를 털어내고 모래 속에서 찢어진 파란 리본을 들어 올렸다.

'아, 파란 리본, 꿈에서 깨서 저걸 제일 먼저 봤는데……'

진우는 발걸음을 옮기다 말고 파란 리본을 보았다.

"짜식들, 네 명이 덤벼들 게 뭐야? 치사하게스리……"

다림이는 흙바닥에서 뒹굴고 있던 가방을 들어 올렸다.

많이 다친 거 같지는 않았고, 몸놀림도 자유로워 보였다.

아이들이 때릴 때 요리조리 잘 피해서 그런지, 상처 입은 곳도 없었다.

다림이는 가방을 열어 씨앗이 든 플라스틱 통의 뚜껑이 잘 닫혔는지 보고는, 찢어진 파란 리본을 가방에 넣고 어깨에 비뚜름하게 멨다.

"우리 엄마가 가지고 다니던 씨앗 통이야."

다림이가 말했다.

'아, 엄마. 그래, 엄마.'

진우는 다림이가 가방 속에 넣어둔 게 씨앗 통이 아니라 엄마인 듯, 가방을 보며 속으로 '엄마'라는 말만 연이어 중얼거렸다.

"엄마는 길거리를 다니다가도 길가에 꽃씨를 뿌렸어. 엄마는 이 세상이 다 꽃들의 세상이 되었으면 좋겠대."

'난 그런 추억이 없어. 그래서 상상을 해.'

진우는 맘속으로 중얼거렸다.

"우리 동네부터 시작해서 여기저기 다 꽃씨를 뿌리고 다녔거든. 그때마다 난 엄마랑 같이 있었어."

다림이는 엄마에 관해서 이야기하며 웃음을 지었다.

'그래, 그랬구나. 너한테는 꽃씨를 뿌리는 엄마가 있구나.'

"엄마가 뿌린 씨앗에서 자란 꽃이 지금 내가 돌아다니는 곳마다 다 자라고 있어. 엄만 장미꽃을 좋아했어. 장미꽃은 장미마을에도 있고 우리 아파트 화단에도 있고 학교 근처에도 있고 은행 앞 화단 에도 있어. 장미 놀이터에도 있지."

다림이는 손가락으로 장미마을을 가리키고 개울 건너에 있는 학교도 가리키고 큰길 건너에 있는 아파트와 은행도 가리켰다.

그 손가락을 보고 있노라니 다림이 엄마가 온 세상에 다 꽃씨를 뿌린 것 같았다.

'그래, 그럴 줄 알았어. 어쩐지 장미마을에 장미가 너무 많더라. 장미꽃을 좋아하는 너희 엄마 작품이었어.'

진우는 수첩을 꺼내 '장미마을 수상한 시리즈' 두 번째에 줄을 긋고 '해결'이라고 적고 싶었지만, 다림이를 물끄러미 보고만 있었다.

"하하, 미안. 엄마 자랑을 너무 많이 했지?"

다림이가 쌩긋 웃었다.

'좋겠다, 그런 엄마가 있어서 넌 좋겠다.'

진우는 맘속으로 다림이 엄마를 상상해 보았다.

"근데 말이야. 꽃은 여기저기서 다 피어나는데 엄마만 여기에 없어. 저기에 있거든."

다림이가 손가락으로 하늘을 가리켰다.

"엄만 하늘에서도 꽃씨를 뿌리고 있을 거야. 지금."

다림이는 하늘로 향한 고개를 내릴 줄 모르고 하염없이 쳐들고 있었다.

'엄마가 없다고?'

진우는 다림이를 보았다.

이럴 때는 무슨 말을 해야 좋을지 몰랐다.

물론 지금까지 말을 하지 않았기 때문에, 무슨 말을 꼭 할 필요는 없었다.

그러니까 정확히 말해, 이럴 때는 무슨 생각을 해야 할지 모르겠다고 진우는 생각했다.

진우는 엄마를 만날 기대를 할 수 있지만, 다림이는 그럴 수 없으니까 위로를 해야 할까?

'난 엄마가 있어. 너처럼 추억은 없지만, 상상은 언제든 할 수 있어.'

진우는 다림이를 보다가 하늘을 보았다.

"엄마가 돌아가시고 나니까 친구가 없어졌어. 그저 그런 친구 말고 베프 말이야. 뭐든 다 이야기할 수 있는 그런 친구. 나한테는 엄마가 그런 친구였거든. 난 엄마 바라기야. 아빠가 나보고 또래 친구를 좀 사귀래."

다림이가 진우를 보았다.

진우는 느티나무 쪽을 보았다.

아이들이 뿌려놓은 쓰레기가 장미 놀이터 여기저기에서 흩날리고 있었다.

'아뿔싸, 쓰레기.'

진우는 느티나무 쪽으로 서둘러 걸어갔다.

"내가 도와줄게."

흩날리는 쓰레기들 사이로 다림이 목소리가 울려 퍼졌다.

진우는 놀이터를 돌아다니며 좀 전까지 쓰레기봉투 안에 들어 있던 비닐봉지와 아이스크림 포장지와 과자 봉지들을 다시 담았다.

다행히 녀석들이 재활용품은 건드리지 않아서, 소주병과 참치 깡통들이 그대로 있었다.

다림이가 도와준답시고 쓰레기 몇 개를 들고 왔다.

진우는 다림이를 못 본 체하며 장미 놀이터 입구를 향해 걸어 갔다.

다림이가 후다닥 달려오더니 등 뒤에서 소리쳤다.

"야! 고마우면 고맙다고 말해. 내가 너 치료해 줬잖아. 그 말이 뭐 어려운 외국어라도 되냐? 프랑스어야? 중국어냐고?"

다림이가 뒤에서 시끄럽게 불러댔다.

"난 여기를 꽃밭으로 만들 거야. 꽃씨를 심을 거라고……. 엄만 장미꽃을 심었지만 난 들꽃을 심을 거야. 우리 같이 심을래?"

다림이가 소리쳤다.

진우는 여전히 대꾸하지 않았지만, 멈춰 섰다.

'난 꽃을 가꾸어본 적이 없어. 할아버지와 꽃시장에 가서 카네이

션을 사다가 스승의 날이나 어버이날에 팔아본 적은 있지만 말이야.'

진우는 학교 앞에서 카네이션을 팔던 일을 떠올렸다.

"장미 놀이터에 올 때마다 난 혼자였어. 우리 친구 할래?"

다림이가 소리쳤다.

진우는 그냥 계속해서 걷기로 했다.

"우리 친구 할래?"

다림이가 소리친 말이 귓가에서 맴돌았다.

'왜 그리도 따뜻했는지 이제 알겠어.'

진우는 장미 놀이터 입구가 멀다고 느꼈다.

"야! 야! 너, 진짜 나랑 말 안 할 거야?"

다림이는 여전히 소리치고 있었다.

'친구가 되고 싶었구나. 그랬구나.'

진우는 계속해서 걸으면서 오늘 일어난 일들을 떠올렸다.

'다림이는 내일도 놀이터에 나올까?'

놀이터 입구까지 오자, 등 뒤에서는 더 이상 아무 소리도 들려오지 않았다.

다림이가 진우한테 대답 듣기를 포기한 것 같았다.

뒤돌아보았더니, 다림이는 그네에 다시 앉아서 씨앗 통을 꺼내

고 있었다.

씨앗을 든 손가락 위로 햇살 한 줄기가 머물고 있었다.

장미 놀이터를 나와서 골목길을 걸어가다 보니 오른쪽 발목이 아팠다.

"어쩌지? 절뚝거리는 걸 보면 너무 할아버지가 너무 걱정할 텐데."

진우는 왼쪽 발목에 힘을 주고 걸어보았다.

오른쪽 발목에는 힘이 실리지 않도록 발을 좀 끌면서 걷자 걸을 만했다.

약간 불편하게 보이기만 해서 너무 할아버지를 아주 많이 걱정 시킬 것 같지는 않았다.

쓰레기장까지 갔을 때, 등 뒤에서 헐떡거리는 소리가 들려왔다.

뒤를 돌아보았다.

골목길에서 뚱뚱한 아주머니가 숨을 훅훅 내쉬면서 걸어 나오고 있었다.

"나 못 봤다고 해라."

아주머니는 황급히 쓰레기장 입구에 버려진 냉장고 뒤로 가서 숨었다.

냉장고 위로 활짝 피어난 장미가 보였다.

붉은 장미가 아주머니를 내려다보고 있었다.

아주머니가 냉장고 뒤로 숨고 나서 얼마 지나지 않아서 기름진 머리에 벌건 눈을 한 아저씨가 손에 조각칼을 든 채 눈알을 대굴대굴 굴리며 뛰어나왔다.

대굴대굴 아저씨가 손에 쥔 조각칼 칼날에 햇살이 닿아 반짝 빛났다.

아저씨는 조각칼을 든 손을 덜덜 떨며 뭔가를 찾는 듯이 고개를 돌리다가 진우와 눈이 마주쳤다.

진우는 순간 뒷걸음질을 쳤다.

아저씨가 진우 옷자락을 세게 붙들었다.

"왜, 왜 그래요?"

진우는 셔츠를 붙들린 채 말을 더듬었다.

땀이 뚝뚝 떨어져서 진우 얼굴 위로 흘러내렸다.

진우와 아저씨 눈동자가 마주쳤다.

서로의 눈동자에 시선이 묶인 채 정적이 흘렀다.

아저씨가 옷깃을 잡았던 손을 내려놓았다.

"혹시 골목길에서 나온 여자 못 봤니? 아내를 뒤쫓아 나왔는데 놓쳐버렸어."

"휴우, 못 봤어요."

"아, 그래? 미안했다."

아저씨 눈에서 힘이 빠졌다.

울었는지 퉁퉁 부은 눈 위로 햇살이 비치고 있었다.

똑바로 뜬 검은 눈동자가 햇살에 반짝거렸다.

아저씨가 손을 배에 갖다 대더니 숨을 깊이 들이마셨다가 길게 내쉬었다.

눈을 감았다가 떴다.

아저씨 눈동자는 어느새 고요해져 있었다.

아저씨는 또렷해진 눈으로 조각칼을 든 채 왔던 길로 다시 돌아갔다.

"대굴대굴 아저씨가 아니라 고요한 아저씨네. 별명 수정. 고요 아저씨."

고요 아저씨가 지나가고 난 뒤에 보니 땅바닥에 떨어져 있는 작은 나무 인형이 보였다.

고요 아저씨는 나무 인형을 조각하다가 뛰어나온 것 같았다.

진우가 소리쳤지만, 아저씨는 돌아오지 않았다.

골목 쪽에서 나무 대문이 닫히는 소리만 요란하게 들려왔다.

‘나무 대문 집? 흴, 그 집으로 들어갔어.’

진우는 기묘한 소리가 나던 그 집을 떠올렸다.

고요 아저씨가 사라지고 나자 냉장고 뒤에 숨었던 아주머니가 주춤거리며 나왔다.

“학생, 고마워.”

아주머니는 진우를 향해 작게 쓴웃음을 지었다.

“저기, 이거.”

진우가 나무 인형을 건네줬다.

“그이가 나무 다듬는 솜씨가 좋아.”

아주머니는 진우가 건네준 나무 인형을 손에 들었다.

나무 인형을 보고 있는 아주머니 눈빛이 따뜻했다.

진우와 아주머니가 마주 보며 서있는 동안 이번에는 골목길에서 한 남자아이가 뛰어나왔다.

아주머니는 나무 인형을 쥐고 있던 손을 들어 아이를 향해 흔들었다.

아주머니는 웃고 있었다.

조금 전까지는 따뜻하지만 쓸쓸한 웃음이었는데, 지금은 밝은 표정으로 바뀌어있었다.

남자아이가 아주머니를 향해 달려왔다.

'저 애를 어디서 봤지? 누구였더라. 아! 헐렁 셔츠 우연이.'

진우는 기억을 더듬다가 조금 전 그 애가 우연이라는 걸 생각해
냈다.

헐렁한 셔츠는 벗어버렸는지 깨끗한 옷으로 바꾸어 입고 있었다.

얼굴도 깨끗하게 씻어서 다른 아이 같았다.

우연이가 진우를 힐긋 보더니 입술을 깨물었다.

무슨 생각을 하는지 눈가를 찡그리며 인상을 썼는데, 얼굴이 살
짝 붉어진 거 같았다.

그러고는 잠시 주춤거리더니 진우에게는 할 말이 없다는 듯 고
개를 자기 엄마 쪽으로 홱 돌렸다.

"아빠, 집에 들어갔지?"

우연 엄마가 자기에게 얼굴을 돌린 우연이를 향해 물었다.

우연이는 한숨을 내쉬더니 고개를 떨구었다가 들었다.

"아니, 왜 아빠는 엄마가 일하러 나가려고만 하면 저러냐
고……."

눈가에 잔뜩 힘을 준 우연이 얼굴은 쭉 찢어진 눈과 오똑한 콧날
때문에 더 날카로워 보였다.

"의사 선생님 처방대로 아침마다 명상도 하고 조각도 시작했으니까 좋아질 거야. 예전처럼 공장에 나갈 수는 없어도 더 나빠지지는 않을 거야."

"조각을 안 할 때는 멍하니 앉아 있기만 하니까 그렇지! 왜 엄마만 나가면 그러고 있냐고. 울기나 하고 말이야."

"우는 게 증상 완화에 도움이 된대."

"아빠가 울어서 또 늦었지? 내가 자전거로 버스 정거장까지 태워다 줄게."

진우는 자기 엄마 손을 잡고 골목길 쪽으로 걸어 내려가는 우연이를 보며 생각에 잠겼다.

진우는 우연이가 엄마에게 꽤 다정하게 말한다고 생각했다.

장미 놀이터에서 본 모습과는 사뭇 달랐다.

"쟤, 아까 본 모습과 달라."

진우는 우연이를 향한 시선을 거두지 않은 채 중얼거렸다.

"아니야, 괜찮아. 식당 사장님한테 좀 늦는다고 말해놓았어. 집에 가서 밥 먹고 공부하고 있어. 자전거는 그만 타고……."

"헐, 멘붕. 아빠가 우는데 공부나 하라고? 엄마, 제정신이야? 내가 정말 빡치는 건 뭐냐 하면 엄마가 안 보일 때마다 집안 전체가 눈물 속에 잠긴다는 거야. 헤엄도 칠 수 있을 거 같아. 공부는 개뿔.

그때마다 난 토껴."

우연이가 엄마 손을 놓는 모습이 보였다.

"에구, 너, 도대체 어디로 도망치는데?"

우연 엄마의 한숨 소리가 가늘게 들려왔다.

"골목 끝에 작은 숲."

우연이 목소리가 점점 작아졌다.

"산 쪽으로 올라가고 싶은데 커다란 바위가 가로막혀 있어서……."

우연이가 엄마랑 함께 골목길 너머로 멀어지자 점점 작아지던 말소리도 더는 들리지 않았다.

진우는 우연이와 우연 엄마의 뒷모습을 바라보았다.

'우연이도 엄마랑 같이 사는구나.'

세상에는 여러 종류의 엄마가 있는 것 같다고 진우는 생각했다.

"그동안 왜 장미마을이 조용하다고 생각했지? 겁나 시끄럽다. 장미 놀이터도 시끄럽고 동네도 시끄럽고."

진우는 주머니에서 '수상한 장미마을'이라고 쓴 수첩을 꺼냈다.

"작은 숲에서 본 운동화 자국, 움푹 팬 풀 자국 해결. 우연이가 산책하던 길이었고 우연이가 앉아있던 장소였어. 네 번째 기묘한 소리도 해결. 우연 아빠가 낸 소리였어."

진우는 수첩에 볼펜으로 줄을 그었다.

김끝놀 할아버지는 다친 다리를 질질 끌고 다니며 방 청소를 하고 있었다.

그러더니 진우를 보고는 어서 들어오라고 손을 들어 올리다 말고 소리를 버럭 질렀다.

"이게 뭐여? 어느 놈이 이랬어? 내 이놈의 새끼들을!"

"어디여? 앞장 서봐. 가보자."

할아버지가 목발을 가지러 벽 쪽으로 기어서 갔다.

"어디를 가? 넘어진 건데……. 너무 할아버지처럼 다리가 똑 부러진 게 아니라고……. 내일이면 괜찮을 거야. 너무 걱정하지 마. 알았지?"

진우는 다리에 파스를 붙였다.

고물상에서 주워 온 라면 냄비에서 물이 보글보글 끓고 있었다.

"너무 할아버지, 배고파. 라면 먹자."

"인석이, 아까부터 할애비를 놀려. 내가 왜 너무 할아버지여?"

"너무 걱정하니까 너무 할아버지지."

"걱정을 헐 만 허니까 허는 거여."

할아버지가 목발을 짚으며 라면 냄비로 걸어가서는 끓는 물에 라면을 넣었다.

"할아버지는 아직도 엄마가 보고 싶어? 전복죽 먹을 때 빼고 말이야."

진우가 라면을 젓가락으로 돌돌 말면서 물었다.

"아녀. 딱 전복죽 먹을 때만 생각이 나."

할아버지가 김치며 반찬거리들이 담긴 통을 열어서 진우 앞에 놓아주었다.

"그럼 보통 때는 엄마 생각 안 해? 어렸을 적에는 어땠어? 애들하고 싸웠을 때라든가, 상을 받았을 때라든가, 여자친구가 생겼을 때라든가, 그럴 땐 누굴 생각했어?"

"아, 그거야 보육원 선생님이지 누구여. 말해 뭣해. 동네 애들한테 맞고 오면 선생님이 치료도 해주고 맛있는 것도 챙겨주고 그랬구먼."

"아, 그럼, 보통 때는 보육원 선생님이 엄마였구나."

"그려. 할미랑 결혼했을 때도 선생님이 엄마처럼 살펴주셨구먼. 할애비랑 할미는 어려서 암것도 몰랐거든. 살림살이 마련하는 거며 은행에 돈을 따박따박 모으는 거며, 몽땅 다 선생님이 가르쳐주셨구면."

할아버지가 라면 국물에 식은 밥을 넣으면서 말했다.

"선생님이 어떻게 생겼는데? 키는 커? 예뻐?"

"하하, 키는 작고 땅딸막하셨구면."

진우는 저녁을 먹은 다음에 일찍 잠자리에 들었다.

밖에서 새가 우는 소리가 들렸다.

"무슨 새지?"

진우는 할아버지에게 물어보려고 고개를 돌렸다.

할아버지는 벌써 잠에 빠져들었는지 그새 코를 드르렁드르렁 골고 있었다.

진우는 잠들면서 엄마를 생각했다.

할아버지가 커다란 통에 물을 받아놓고는 두어 살쯤 되는 진우 를 씻기고 있었다.

할아버지는 진우를 향해 눈을 찡긋거렸다.

물속에서 첨벙대던 진우는 웃으면서 할아버지에게 물을 마구 튀겼다.

할아버지는 진우를 다 씻긴 다음 깨끗한 수건을 가져다가 닦아

주었다.

창밖으로 비가 내리고 있었다.

빗방울이 창 유리에 부딪혀, 물줄기를 이루며 흘러내렸다.

진우는 꿈에서 깨어 일어나 앉았다.

'왜 꿈속에서 엄마가 목욕시켜 주지 않고 할아버지가 목욕을 시켜주었지? 엄마 생각을 하면서 잠들었잖아.'

진우는 옆에 누워서 자는 할아버지를 보았다.

바싹 마른 주름진 얼굴 위로 반짝거리는 흰 머리칼이 보였다.

'할아버지는 전복죽 먹을 때만 엄마를 생각해. 나는 상상 속에서만 엄마를 생각하고.'

진우는 할아버지의 하얀 머리카락을 손가락으로 만져보았다.

할아버지는 곤하게 잠들어 있었다.

'내 진짜 엄마는 할아버지야. 할아버지 진짜 엄마는 보육원 선생님이고.'

마음속에서 샘물이 포로록 포로록 올라오고 있었다.

7

다림이 스트레스

진우는 골목길을 지나 장미 놀이터 입구에 다다랐다.

'그럴 줄 알았어. 애들은 학원 끝나면 코노 가던데. 쟤는 학원도 안 다니고 노래도 싫어하나?'

진우가 다림이를 보며 생각했다.

다림이는 그네에 앉아서 플라스틱 씨앗 통을 가방에서 꺼냈다.

'진짜로 놀이터에 씨앗을 심으려나? 아, 정다림, 내공 쩐다.'

진우는 장미 놀이터로 걸어 들어갔다.

"야! 김진우!"

다림이가 진우를 보았는지 그네에서 풀쩍 뛰어내렸다.

진우는 본체만체하며 쓰레기봉투와 재활용품을 담을 자루를 느티나무 아래에 내려놓았다.

'신경 안 써. 태풍 할아버지랑 약속한 것만 지키면 돼.'

진우는 자루를 들고 장미 놀이터를 돌아다녔다.

울타리를 타고 뻗어나간 덩굴장미 봉오리가 이제 제법 활짝 피어나 진한 향기를 피워내고, 나뭇잎은 초록색으로 짙어지고 있었다.

마법사가 숨어있을 법한 커다란 느티나무 가지에서 잎사귀가 바람결에 흔들렸다.

진우는 나무 의자에서 굴러다니던 소주병에서 반쯤 남은 소주를 따라내 버리고 깡통을 찌그러뜨렸다.

재활용 자루에 소주병이랑 깡통을 넣다 말고 다림이 쪽을 보았다.

신경을 안 쓰려고 했는데, 다림이에게 자꾸만 눈이 갔다.

'뭘 하려는 거지?'

이번에는 가방에서 호미를 꺼내고 있었다.

'히익, 저게 뭐야? 아니, 무슨 애가 저런 무기를 들고 다녀.'

진우는 우유 팩을 줍다 말고 입을 딱 벌린 채 다림이를 보았다.

'아, 신경 *끄자*.'

진우는 고개를 흔들고는 우유 팩을 밟아서 납작하게 만들었다.

'어라? 이쪽으로 오잖아.'

다림이가 진우에게 다가오는 모습이 보였다.

'올 테면 와라.'

진우는 고개를 숙인 채 쓰레기만 주웠다.

"나한테도 쓰레기봉투 줘."

다림이가 손을 내밀었다.

진우는 다림이 손을 피해서 아이스크림 봉지를 주우려고 고개를 돌렸다.

"쓰레기봉투 달라고."

진우가 대꾸하지 않자 다림이는 진우 얼굴 앞으로 손을 확 내밀었다.

"야! 말 좀 해라. 말 좀. 으윽."

다림이가 활짝 폈던 손을 꽉 쥐어 주먹을 만들었다.

다림이 손은 마디가 굵고 손가락은 길었다.

체력 단련을 많이 한 손이었다.

다림이가 다시 손을 내밀었다.

"아니면, 우리 인사할래? 자, 터치."

다림이가 손바닥을 활짝 펼치더니 흔들었다.

진우는 손을 주머니 속에 집어넣은 채 고개를 외로 돌려 땅바닥을 보았다.

"야, 너, 그만 뒤로 가. 넌 내가 다가설 때마다 뒤로 한 걸음씩 물러서서 이젠 갈 곳도 없잖아."

다림이가 말했다.

사실이었다.

장미 놀이터 가장자리까지 뒷걸음질 친 진우는 뒤로 물러설 곳이 없었다.

"어제는 한편이 되어서 싸웠잖아. 아닌가? 너, 혹시, 나랑 맞짱 뜬 애들이랑 한편이었어? 그러니까 나랑 말을 안 하는 거지. 아, 하긴 원래 안 했지."

다림이가 어깨를 으쓱댔다.

"아 씨, 답답해. 말하든 말든 맘대로 해라. 난 간다."

다림이는 발을 들어 진우에게 일부러 흙먼지를 일으키더니, 놀이터 가장자리로 뛰어가 버렸다.

'난 여기서 일만 하고 가면 돼.'

진우는 다림이 쪽은 다시 보지 않았다.

집게로 과자 봉지를 주워서 쓰레기봉투 속에 넣기만 했다.

하늘 한 번 올려다보지 않고 땅바닥만 보며 쓰레기를 주운 덕분에 일이 빨리 끝났다.

다림이는 장미 놀이터에 온통 다 꽃을 심을 셈인지 여전히 땅을 파는 중이었다.

'아, 들키면 골치 아파지니까 슬쩍 나가자.'

진우는 다림이 몰래 살금살금 걸어서 장미 놀이터를 나왔다.

놀이터를 나와서 뒤를 돌아보니 다림이는 아직도 꽃씨를 뿌리고 있었다.

농사의 신 자청비가 식물을 살아나게 하려고 춤을 추는 것 같았다.

장미 놀이터를 나와서 전철역으로 갔다.

전철역은 태풍 할아버지가 일하는 곳이었다.

할아버지랑 게임방에 갔지만, 장미 놀이터에 뭔가 두고 온 것처럼 마음 한구석이 따끔거렸다.

게임방을 나오자마자 진우가 할아버지에게 물었다.

"할아버지, 꽃씨를 심으면 싹이 나올까요?"

"비가 와서 촉촉하게 적셔줘야 싹이 나오지."

"그럼, 비가 올까요?"

"암, 오지. 그것이 세상 돌아가는 이치지. 봄여름에는 비가 오고, 겨울이면 눈이 오고 또……. 가을……."

"할아버지!"

"왜 그래 이 녀석아! 귀청 떨어지게시리……."

"오늘 말이에요."

진우는 사뭇 발을 동동 구르며 하늘을 올려다보았다.

태풍 할아버지가 진우 머리를 콩 쥐어박았다.

"이놈아, 그걸 어떻게 알아? 하늘이 하는 일을……. 내가 점쟁이도 아니고. 일기 예보를 맞추는 귀신도 아니잖아."

"맞아. 내가 왜 신경을 쓰지?"

진우는 혼잣말하면서 하늘을 또 한 번 올려다보았다.

"가자. 할애비가 맛있는 거 사줄게."

할아버지가 성큼성큼 걸어갔다.

진우는 태풍 할아버지와 함께 햄버거와 감자튀김을 먹었다.

"무슨 생각을 그리 하는 게야? 먹성 좋게 먹던 녀석이 병아리 물 마시듯 먹고 있게. 하늘 한 번 보고 콜라 먹고, 콜라 먹고 하늘 한 번 보고 그러고 있잖아."

할아버지가 진우를 보면서 말했다.

할아버지 말을 듣고 보니 햄버거는 빵만 먹었고 감자튀김은 반이나 남은 게 보였다.

"어, 제가 싹 먹어 치울게요. 김진우 사전에 음식 남기는 법은 없거든요."

진우는 몽땅 다 먹어 치울 듯이 달려들었다.

감자튀김에 콜라까지 마셨더니 배가 더부룩했다.

너무 빨리 먹은 것 같았다.

속이 꽉 막히고 울렁거리기까지 했다.

"에구, 녀석, 안 되겠다. 얼굴이 백지장이네."

태풍 할아버지는 진우를 데리고 약국으로 들어갔다.

"얼른 소화제 좀 주시오."

진우가 약을 먹고도 속이 울렁거린다고 하자 할아버지는 약사보고 손을 따달라고 했다.

"이제 괜찮아 보이네."

태풍 할아버지가 얼굴에 핏기가 돌아온 진우를 보며 말했다.

"너, 스트레스를 많이 받는 모양이로구나. 요즘 애들 공부 스트레스가 많아서 큰일이다, 큰일. 우리 애도 그렇지만."

약사가 진우를 보며 작게 중얼거렸다.

"그러게 말이요."

할아버지가 돈을 내면서 말했다.

'공부 스트레스가 아니라 다림이 스트레스라고요.'

진우는 맘속으로 외쳤다.

다음 날도 비는 오지 않았다.

"아, 이런 걸 만나서는 안 될 사이라고 하는 거야. 다림이 때문에
이게 무슨 개고생이냐고."

진우는 약수터로 가서 빈 플라스틱 콜라병 여러 개에 물을 담아
서 자루에 넣어 가지고 왔다.

빈 콜라병 하나에 장미 놀이터 땅바닥에서 주운 녹슨 못으로 구
멍을 내자 물뿌리개 같은 모습이 되었다.

콜라병 물뿌리개에 물을 담아, 다림이가 꽃씨를 뿌린 곳에 물을
주었다.

마른 흙이 촉촉해지면서 진한 밤색이 되었다.

'다림이 말대로라면 얘네들은 오랫동안 잠들었던 거고, 지금 이
제 흙 속에서 햇살도 받고 물도 마시고 그런다는 거잖아.'

놀이터를 걸어오는 발걸음 소리가 타닥타닥 들렸다.

다림이 발걸음 소리는 다른 애들 발걸음 소리와는 달랐다.

발걸음 사이 간격이 크고 울림도 컸다.

다림이는 신을 질질 끌지 않고 또박또박 걸었다.

"우와, 김진우 대박! 물 줬네."

다림이가 진우가 물을 준 곳을 보며 이리저리 뛰어다녔다.

물기에 젖은 촉촉한 땅에서 발을 구르고 팔을 흔들며 춤을 추었다.

"얘들 진짜 신나겠다!"

'그렇게 좋은가? 아, 쟤 왔으니까 이제 쓰레기 줍자.'

진우는 다림이가 좋아하는 모습을 보고 있다가 재활용 쓰레기를 줍기 위해 나무 의자로 자루를 가지러 걸어갔다.

물을 주느라 놀이터 청소를 아직 시작하지 못한 터였다.

"좋았어! 네가 물 줬으니까 쓰레기 줍는 일은 내가 할게."

다림이가 달려가서 나무 의자 위에 있는 쓰레기봉투를 번쩍 쳐들었다.

"진우야, 나, 쓰레기 주워보고 싶었어."

다림이는 면장갑 낀 손을 들어 진우를 향해 흔들더니, 곧바로 쓰레기를 줍기 시작했다.

성큼성큼 걸어 다니며 집게로 비닐봉지를 줍고 버려진 포장지도 주워 올렸다.

과자 부스러기는 쭈그리고 앉아서 손가락으로 집어서 쓰레기봉투에 넣었다.

"아, 이건 성질에 안 맞는다."

다림이가 종알거리는 소리가 들렸다.

진우는 재활용 자루를 들고 놀이터를 돌며, 소주병과 콜라병 몇 개를 자루에 담았다.

다림이 쪽을 보니 커다란 쓰레기들은 다 주웠는지 시소 옆에 웅크리고 앉아 깨진 소주병을 줍고 있었다.

소주병은 깨져서 조그만 알갱이가 되어 있었다.

알갱이는 봄 햇살이 닿자 반짝, 하고 빛을 냈다.

진우는 다림이 쪽을 흘끗거리며 보다가 얼른 다시 땅바닥으로 눈을 돌렸다.

'김진우, 정신 차려라.'

진우는 얼른 자기 머리를 툭 쳤다.

다시 돌아보았을 때, 누군가 토해놓은 오물 앞에 서있다가 다림이가 손으로 입을 막고 돌아서더니 놀이터 밖으로 뛰어나가는 모습이 보였다.

'내가 왜 저걸 못 봤지?'

진우는 다림이가 서있던 곳으로 가서 비닐장갑을 끼고는 흙을 한 줌 뿌리고 오물을 싹싹 긁어 봉지에 담아 쓰레기봉투에 넣었다.

시큼하고 역한 냄새가 바람에 실려 갔다.

곧 돌아온 다림이가 진우를 보며 말했다.

"멋져. 김진우 개 멋져. 최고로 멋져. 넌 히어로 중에 히어로야. 완내스."

다림이가 엄지손가락을 들어 올렸다.

진우는 다림이가 들어 올린 엄지손가락을 물끄러미 바라보았다.

엄지손가락은 진우 마음속으로 스르르 스며들며 이렇게 말하고 있었다.

이젠 네 차례야.

말하든 말든 네 맘대로 해.

"아까는 토할 거 같아서 도저히 못 참겠더라고……."

멀찌감치 선 채 다림이가 말했다.

"네 탓이 아니야. 내가 청소를 제대로 하지 않아서 그런 거야."

진우는 다림이를 보며 말했다.

"헐."

다림이 눈이 갑자기 휘둥그레졌다.

"너, 혹시 말했니? 내가 잘못 들었나?"

다림이는 자기 귀를 후벼 파고는 손가락으로 진우 입을 가리켰다.

"난 늘 말을 해. 마음속으로만 해서 다른 사람들이 못 듣는 거야."

진우는 오늘 다림이에게 처음 말을 한 게 아니라는 듯이 아무렇지도 않게 말했다.

"지금 기적의 현장을 보고 있어. 아마 이런 걸 기적이라고 하는 걸 거야. 김진우가 말을 하다니……."

다림이는 좀 전까지 토할 뻔했던 건 잊었는지, 갑자기 팔짝팔짝 뛰어오르며 주먹을 휘둘렀다.

"너, 지금 나한테 말한 거 맞지?"

다림이는 믿어지지 않는다는 듯이 진우 앞으로 바짝 다가와서 다시 물었다.

"어, 그래."

진우가 뒤로 물러서며 대꾸했다.

"와아아, 김진우가 말을 했다! 게다가 나한테 처음으로 말했어. 우리 반 애들 중에서 너랑 말을 해본 아이는 아마 없을걸."

다림이는 신이 나서 만세를 부르며 놀이터를 뛰어다녔다.

"음……."

진우는 멋쩍어서 하늘을 올려다보았다.

"오예, 김진우, 말하는 데 성공!"

다림이는 두 주먹을 번쩍 들어 올렸다.

"야, 나 이제 쓰레기 주워야 해. 그만 떠들어."

진우는 쓰레기봉투를 들고 다림이를 지나쳐서 앞으로 걸어갔다.

미끄럼틀 아래에서 과자 봉지가 휘날리고 있었다.

다림이가 이내 쫓아와서 말을 걸었다.

"앞으로는 바꿔서 하자. 넌 꽃 심고 난 놀이터 청소하고……. 어때, 좋지? 그리고 우리 축하 파티도 하자. '김진우, 오랜 침묵을 깨고 드디어 말을 하다.' 이런 현수막이라도 장미 놀이터에 걸어야 하지 않을까? 어때?"

"아니, 싫어."

"왜?"

"그냥 싫어."

"뭐래? 도대체 뭐가 싫은 거야? 현수막이 싫은 거야, 역할 바꾸어서 해보는 게 싫은 거야? 그리고 너, 그렇게 자기 마음을 정확하게 말하는 애였어? 그동안 말하고 싶어서 어떻게 참았냐? 얼른 쓰레기봉투나 내놔. 아까처럼 토할 뻔하거나 그러지 않을게. 이제

진짜 자신 있어. 아까는 좀 창피하더라. 넌 매일 하는 일인데 말이야."

다림이가 한동안 종알대더니 쓰레기 자루를 향해서 손을 내밀었다.

"쓰레기봉투 달라니까."

다림이가 쓰레기봉투를 빼앗으려고 달려들었다.

진우는 잽싸게 쓰레기봉투를 등 뒤로 감추었다.

"야, 너 기억 안 나? 역할 바꾸기! 쌤 말이 평소에 안 하던 일을 찾아서 해보랬잖아."

다림이가 말했다.

"됐어. 난 쌤한테 그런 말 들은 적 없어."

"야아!"

다림이가 쓰레기 자루를 빼앗으려고 다시 달려들었다.

"싫다니까!"

진우가 소리를 빽 질렀다.

"메롱, 난 너 하나도 안 무섭다."

다림이 얼굴이 빨개졌다.

"쓰레기는 너 혼자 주워야 하냐? 그래, 너, 잘났다!"

다림이는 장미 놀이터를 씩씩대며 나가더니 어느새 골목 쪽으로 사라졌다.

"이건 내 일이야. 네 일이 아니고……."

진우는 다림이가 사라진 골목길을 보며 중얼거렸다.

쓰레기를 다 주운 뒤로도 진우는 놀이터에 계속 남아있었다.

"잘 자라라. 사랑과 곡물의 신 자청비가 씨앗을 뿌렸으니 당연히 잘 자라야지. 그치, 애들아?"

진우는 씨앗이 들건 말건 중얼거리며 콜라병 물뿌리개로 물을 주었다.

콜라병이 오늘따라 놀이터에 많이 버려져 있어서 정말 다행이었다.

콜라병이 없었더라면 몇 번이고 약수터를 오르락내리락했어야 했을 거다.

8

장미 놀이터를 사수하라

며칠 후 진우는 다시 장미 놀이터로 향했다.

"오늘도 나와있을까?"

마을 골목길을 지나 장미 놀이터 쪽으로 다가갈수록 심장은 빠르게 뛰었다.

덩굴장미가 피어있는 놀이터 나무 창살이 보였다.

"너희 중에 대장 나와! 일대일로 하자."

진우가 장미 놀이터로 걸어 들어가자 다림이 목소리가 들려왔다.

다림이 앞에 아이들 여러 명이 모여있는 모습이 보였다.

아이들 가운데에서 사각턱에 체격이 다부진 녀석이 발을 구르며 다림이 앞으로 선뜻 나섰다.

"나도 한 명을 몰매를 때릴 생각은 없어. 어디서 잘난 척이야."

사각턱이 어이없다는 듯이 웃었다.

"하, 싸워줄게. 대신 내가 이기면 놀이터를 꽃밭으로 만들 거야. 근데 이길 수나 있는지 모르겠다."

다림이는 고개를 까닥거리며 사각턱을 약 올렸다.

"이게, 끝까지 잘난 척이야. 어디 맛 좀 봐라."

사각턱이 말했다.

흙먼지가 일어났다.

사각턱이 발을 들어 올린 순간에 다림이는 너무도 가뿐하게 돌진하는 사각턱을 가볍게 피하면서 주먹을 날렸다.

사각턱이 다림이 주먹을 피하면서 뒤로 물러섰다.

진우는 느티나무 아래에 재활용 자루랑 쓰레기봉투를 내려놓고 당장이라도 튀어 나갈 듯 발목을 꺾은 채 사각턱을 노려보았다.

"나도 쟤들이랑 싸워야겠어. 맛 좀 보여주지."

진우는 다림이와 네 명의 아이들을 보며 중얼거렸다.

"겁쟁이."

상상 속에서 토르가 했던 말을 떠올리며 진우는 주먹을 꽉 쥐었다.

사각턱이 턱을 치켜든 채 다림이를 손가락으로 가리켰다.

"이건 전쟁이고 승부야. 내가 지면 장미 놀이터는 네가 접수해. 대신 내가 이기면 넌 여기에 얼씬도 하지 마."

"야! 누구 맘대로? 광규 저 새끼, 지 맘대로 장미 놀이터를 넘겨 줘."

우연이가 얼굴을 찌푸렸다.

"짜식아, 걱정하지 마. 지지 않는다고. 내가 너 같은 줄 알아?"

광규라고 불린 사각턱은 으스대며 주먹을 휙휙 휘둘렀다.

"난 대장도 아니면서 대장 흉내만 내는 놈하고는 다르다고. 자, 덤벼!"

사각턱 광규가 다림이를 향해 주먹을 연달아 날렸다.

"오호라, 좋았어!"

다림이는 순간, 주먹을 확확 피하면서 발차기로 녀석의 배를 타다닥 걷어찼다.

광규는 몇 발자국 뒤로 밀리더니 우스꽝스러운 모습으로 팔을 흔들며 엎어졌다.

곧바로 다시 일어섰는데 귀가 빨갰다.

아니, 귀뿐만 아니라 온 얼굴이 새빨갛게 달아올라 있었다.

"씨. 도저히 못 참아. 이야아아, 받아라!"

광규가 달려와 발차기를 날렸다.

다림이는 가볍게 피하더니 녀석의 가슴팍을 주먹으로 파바박 갈겼다.

"으윽."

뒤로 나자빠진 광규는 얼굴을 가린 채 한동안 일어나지 못했다.

"야, 살살 쳤어. 일어나."

다림이가 발을 탁탁 구르더니 놀이터를 뛰어다니며 말했다.

"공격해 봐. 다시 받아줄게."

광규는 얼굴을 가린 채 죽은 듯이 누워만 있었다.

"야! 시시하게 이게 끝이야?"

다림이가 다가와 발로 툭툭 광규의 다리를 건드렸다.

"어? 야, 너 혹시 우는 거야?"

다림이가 말했다.

그 순간, 얼굴을 가린 채 숨죽이고 있던 광규가 다림이 다리를 잽싸게 잡더니 바닥으로 확 잡아끌었다.

다림이는 중심을 잃은 채 흔들리더니 흙바닥 위로 나동그라지기 일보 직전이 되었다.

"아, 다림아."

느티나무 아래에서 발목을 꺾은 채 노려보던 진우는 순간 벌떡 일어섰다.

주먹을 쥐었던 손이 후들거리며 떨렸다.

당황한 다림이 숨소리가 귀에 들리는 것 같았다.

하지만 조금 뒤 다림이는 녀석의 옷깃을 움켜잡은 채 몸의 중심을 옮겨서 녀석의 배 위로 사뿐히 내려앉았다.

"휴우, 나이스."

다림이가 소리쳤다.

그러더니 녀석의 배를 깔고 앉아 달아오른 얼굴로 의기양양하게 웃었다.

그것으로 싸움은 끝나는 듯싶었다.

곧바로 다림이의 비명이 들려오지 않았다면 말이다.

"아아아악."

"아아아악."

다림이의 비명이 연달아 들려왔다.

"에잇, 뭐야?"

진우가 소리쳤다.

"아악, 야! 놔! 놓으라고, 새끼야."

다림이가 고래고래 소리를 질렀다.

"와아, 저 자식, 저거. 비겁한 놈! 가만두면 안 되겠어."

진우는 화가 치밀어 올라서 혼잣말을 내뱉으며 전속력으로 달려갔다.

"진우야, 다 끝났어. 오지 마!"

다림이가 소리쳤다.

어느새 광규는 다림이한테 다시 몸을 제압당한 채 꼼짝하지 못하고 있었다.

"너, 이거 반칙이야. 싸움의 법칙에 어긋난다고. 이기려고 수단과 방법을 가리지 않는 거, 그거 잘못된 거라니까. 찌질아, 창피해서 너랑 싸웠다는 말도 못 꺼내겠다. 싸우다가 무는 애는 처음 봤어."

다림이가 한쪽 팔로 광규 머리를 여러 번 쳤다.

"너까지 끼어들지 않아도 돼."

다림이가 다시 달려들려는 진우에게 뒤로 물러서라는 눈짓을 보냈다.

"야, 야, 광규도 안 되겠다. 우리가 다 덤벼야겠어. 이러다가 장

미 놀이터 뺏기겠어.”

우연이가 소리치자 아이들이 투덜거리는 소리가 들려왔다.

“아, 난 쟤랑 싸우기 싫은데. 또 싸우라고?”

“도대체 쟨 왜 저렇게 싸움을 잘하냐?”

“우리를 피곤하게 만드는 거잖아.”

“난 안 해.”

동민이는 주춤거리며 뒤로 물러섰다.

“야, 새끼야, 빨리 튀어와.”

우연이는 어정쩡하게 선 채 애꿎은 동민이에게만 소리쳤다.

싸움에 끼어들지 못한 진우는 아이들이 우왕좌왕하는 동안, 느
티나무 밑으로 가서 그동안 모아두었던 재활용 쓰레기를 가져왔다.

아이들은 진우한테는 관심이 없었다.

진우가 어디를 가든 신경을 쓰지 않는 눈치였다.

진우는 쓰레기를 무기로 쓸 생각이었다.

자기가 가진 건 쓰레기밖에 없으니 머리를 잘 굴려야 했다.

“아, 난 다림이 만큼은 못 싸워. 어떻게 사랑과 곡물의 신이며 전
사인 자청비만큼 싸울 수 있겠어.”

진우는 재활용 자루를 들고 싸움이 벌어지고 있는 한복판으로
걸어갔다.

"야, 다 함께 출동!"

우연이가 소리치는 소리가 들려왔다.

그 순간, 진우는 고개를 번쩍 쳐들었다.

"종수야, 이제 우리만 남았어. 같이 덤비자!"

우연이가 외쳤다.

햇볕에 타서 옅은 갈색 얼굴에 눈은 크고 코가 오뚝한 아이가 우연이 외침에 고개를 끄덕이는 모습이 보였다.

동민이만 홀로 떨어져서 발로 구멍이라도 뚫을 듯이 땅바닥을 차고 있었다.

"우연아, 종수야, 동민아, 나 좀 구해줘. 죽을 거 같아. 아니, 이미 죽은 거 같아."

광규가 다림이 밑에 깔린 채 울먹거렸다.

동민이만 빼고 우연이와 종수가 다림이를 향해 한꺼번에 뛰기 시작했다.

둘이 함께 덤벼들 모양이었다.

"와아, 비겁한 놈들! 전쟁 역사 기록물에 길이길이 남겠다. 일대일이 아니라 둘이서 덤비시겠다? 어디 한번 해보시지!"

진우는 재활용 자루에서 쓰레기를 꺼내 우연이와 종수를 향해 던지기 시작했다.

진우가 할 수 있는 일은 오로지 그게 다였다.

나무 아래 모아두었던 쓰레기를 집어 던지는 일, 아주 단순한 그 일 말이다.

그깟 쓰레기가 얼마나 도움이 되겠냐 싶겠지만, 아이들은 여기 저기서 날아오는 쓰레기를 피하느라 흩어졌다.

콜라병, 소주병, 맥주병은 말할 것도 없고 온갖 냄새가 나는 종이, 플라스틱, 스티로폼 같은 쓰레기들이 아이들 한가운데로 툭, 타닥, 쿵 소리를 내며 떨어졌다.

순간, 소리도 움직임도 멈추었다.

다림이를 향해 싸우려고 뛰어오던 우연이와 종수가 멈추자 모든 게 다 멈추었다.

장미 놀이터는 갑자기 조용해졌다.

"에잇, 뭐야? 더럽게."

쓰레기를 본 아이들이 코를 잡은 채 동시에 눈살을 찌푸렸다.

"너희들, 창피하지 않냐?"

진우가 소리쳤다.

"이것들이랑 너희랑 별로 달라 보이지 않는다는 거 알아?"

진우는 손가락으로 쓰레기를 가리켰다.

콜라병과 지저분한 종이와 더러운 플라스틱 껍질들이 여기저기 흩어져 있었다.

"짜식, 뭐라는 거야? 우리가 왜 쓰레기야?"

우연이가 스티로폼을 뻥 걷어찼다.

"아 씨. 졸라 쪽팔려."

동민이만 얼굴이 빨개진 채 입술을 꼭 깨물며 서있었다.

"너희들 졌어. 인정해라."

진우가 소리쳤다.

다림이는 허리에 손을 얹은 채 아이들을 죽 둘러보았다.

"다들 모여봐. 이제 너희가 약속을 지킬 차례야. 전쟁은 끝났어. 놀이터를 꽃밭으로. 환상적인 프로젝트잖아. 싸우기 전에 나랑 한 약속을 지키셔."

"약속은 지킬 거야. 근데 장미 놀이터는 포기 못 해."

우연이가 말했다.

"누가 장미 놀이터를 포기하래? 싸움에 좀 이겼다고 해서 너희를 놀이터에 못 오게 하고 내가 여기를 점령이라도 할까 봐 그러는 거야? 웃기는 애들이네."

다림이가 우습다는 듯이 고개를 흔들었다.

"이만한 아지트를 발견하기가 쉽지 않아."

우연이가 목소리에 힘이 빠진 채 말했다.

"아지트? 아지트가 여기에 어딨어?"

다림이는 고개를 돌려서 놀이터를 보았다.

"앞으로 여기에 아지트를 지을 거야."

아지트라고 말하는 우연이 눈빛이 반짝거렸다.

'우연이한테는 여기가 아지트였구나.'

진우는 순간, 토르의 망치에 맞은 듯 정신이 번쩍 들었다.

'나한테는 일터고, 다림이한테는 꽃밭인 것처럼, 우연이한테는 여기가 아지트로구나.'

진우는 재활용 쓰레기를 자루에 담다 말고 우연이를 보았다.

우연이가 장미 놀이터를 보는 눈빛은 다림이가 꽃밭을 만들겠다고 말할 때의 눈빛과 같았다.

장미 놀이터를 보는 세 명의 눈빛은 닮아있었다.

장미 놀이터를 향한 마음이 셋을 친구로 만들어주고 있었다.

'어쩌면 우리가 장미 놀이터에서 함께 놀 수 있을지도 몰라.'

진우는 쓰레기 자루를 내려놓고 우연이 쪽으로 걸어가기 시작했다.

지금까지 누군가의 마음속으로 먼저 걸어 들어간 적은 없었다.

진우로서는 처음 있는 일이었다.

우연이를 향해 걸어가면서 진우는 무슨 말을 할지 고민했다.

'아지트를 같이 짓자.'

'꽃밭도 같이 만들고 말이야.'

'난 관심이 있는데.'

'넌, 어때?'

진우가 우연이 앞에서 멀뚱거리면서 서있자 우연이가 진우를 보았다.

"너 뭐야? 좀 비켜. 다림이랑 말하고 있잖아."

'너한테 할 말이 있어.'

진우는 우연이에게 무슨 말을 먼저 꺼내야 할지 몰라서 생각만 하며 머뭇거렸다.

"아, 짜식, 좀 저리 가라."

우연이는 쓰레기를 치우듯이 귀찮은 표정을 지으며 손가락을 까닥거렸다.

"난 재활용 쓰레기가 아니야. 쓰레기는 저기 두고 왔어."

"알았어. 너, 쓰레기 아니야, 이제 됐지? 비키셔."

우연이는 비웃는 듯한 눈빛으로 진우를 꼬나보았다.

"내 말 좀 들어봐."

"그럴 생각이 없는데? 쓰레기를 두고 왔어도 네 말은 쓰레기일 테니까."

"너, 왜 그리 꼬였냐? 나 좀 봐! 날 똑바로 보라고!"

진우는 어찌할지 몰라서 빙그르르 돌고 손바닥을 펼쳐 보였다.

손바닥을 펼치다 말고 자기도 모르게 피식 웃었다.

이런 장면을 할아버지와 함께 보던 서부 영화에서 본 적이 있기 때문이다.

영화에서는 주인공이 무기를 들지 않은 손을 보여주면 상대방은 마음을 놓고 친구가 되기도 했다.

"하하, 가지가지 한다. 너, 지금 내 앞에서 돈 거냐? 머리가 돌았어?"

"너야말로 말귀를 못 알아듣는 멍청이냐?"

진우가 소리를 버럭 질렀다.

"덤비는 거야? 죽고 싶어?"

우연이도 으르렁거렸다.

"내 말을 한 번만 들어봐. 아주 쉬운 얘기라고."

진우가 손을 내밀었다.

"꺼지라니까!"

우연이는 진우가 내민 손을 거칠게 쳐내고는 자기 옷을 탁탁 털었다.

"아지트 만드는 거, 내가 도와줄게."

진우가 내민 손 위로 봄 햇살이 비치고 있었다.

"아지트라고? 아지트?"

우연이는 다시 손을 쳐내려다 말고 고개를 들어 한동안 진우를 쏘아보았다.

"그래, 아지트."

"진짜로 도와줄 거야? 저 새끼들은 하나도 안 도와줘서 말이야."

우연이가 광규와 종수와 동민이를 가리켰다.

"야! 그게 말이 되어야 말이지. 여기다가 어떻게 아지트를 짓는단 말이야?"

광규가 소리쳤다.

"맞아."

종수와 동민이도 맞장구를 쳤다.

"음. 난 거짓말 같은 건 안 해. 지금 우리 사이에 일어나고 있는 일들은 다 다큐멘터리야."

"뭐?"

"상상이 아니라 다큐라고……."

진우의 입꼬리가 웃느라 살짝 올라갔다.

광규가 갑자기 우연이를 향해 인상을 썼다.

"새끼야, 잘 말해. 우리 시간을 다 반납하게 생겼어. 아침부터 저녁까지 자전거 위에서 살던 우리가 꽃이나 가꾸게 생겼다고. 장미 놀이터는 그냥 얘네들 다 가지라고 해. 먹고 떨어지라고 해."

"그 입 닥쳐라! 넌 어떨지 몰라도 난 놀이터는 포기 못 해. 포기하려면 너나 해. 강변에서 신나게 자전거나 타라고……. 근데 자전거 대회는 너 혼자 나가야 할 거야."

우연이가 말했다.

"단체팀 대회인데 나 혼자 나가라고?"

"그래, 넌 너밖에 모르잖아. 너만 일등 하면 되는 놈이잖아."

"내가 나밖에 모른다고? 동민아, 종수야, 우연이 말이 사실이야? 내가 그래?"

광규가 동민이와 종수를 보며 물었다.

"음……. 그렇긴 하지."

동민이와 종수가 동시에 고개를 까닥거렸다.

"넌 그걸 여태 몰랐다는 거야? 처음 만난 나도 알겠는데……."

진우가 나지막한 목소리로 말했다.

"날마다 아지트 타령하면서 우리를 꼴찌만 하게 하는 놈이 누군데? 우연이잖아. 에이 씨, 이게 다 우연이 때문이야. 처음부터 장미 놀이터에 오지 말았어야 했어. 애들도 아니고 놀이터가 다 뭐야? 우연이 말고 누가 놀이터에서 놀고 싶어 하겠어?"

광규가 흙바닥을 걷어차자 먼지가 일어났다.

"저기, 나도 장미 놀이터가 좋은데?"

동민이는 입가에 웃음을 띤 채 손을 들었다.

"기분이 꿀꿀하면 난 그냥 여기에 와. 여기 와서 그네도 타고 미끄럼도 탄다고. 뭐 좀 창피하면 어때? 어린애들만 놀이터에 오는 건 아냐. 여기서 있다 보면 우연이를 만날 때도 있고 종수를 만날 때도 있어. 운 좋으면 저녁노을도 본다고……."

"맞아, 나도 그래."

종수가 맞장구를 쳤다.

"자, 그만 싸워. 조용히 해봐. 아까도 이야기했지만 내가 이겼다

고 해서 내 맘대로 하고 싶지는 않아. 너희는 그냥 약속만 지키면
돼. 그거 말고는 원하는 게 없어. 너희를 장미 놀이터에 못 오게 할
생각도 없다고…….”

다림이가 말했다.

“그거면 됐어. 약속은 지킬 거야. 그네만 우리 거로 해줘.”

우연이가 풀이 죽은 채 말했다.

“아니, 이 그네가 뭐 금칠이라도 된 거야? 다이아몬드야, 보석이
야? 저 밑에 땅바닥이라도 파봐야 하나? 저기, 지금 금이 묻혀있는
거지?”

다림이가 그네를 가리켰다.

“우주 전쟁 놀이 할 때 꼭 필요해. 스타워즈. 그네는 우리 네 명
이 탈 우주선이야. 게다가 이렇게 한쪽 줄이 헐렁하고 끽끽 소리를
내는 그네는 찾기가 쉽지 않거든.”

우연이가 말했다.

“아무래도 네 정신연령이 좀 의심스럽다.”

다림이가 우연이를 보며 고개를 흔들었다.

“이런 말까지 하고 싶지는 않지만 난 아지트가 꼭 필요해. 나만
의 장소 말이야. 집에서 빡치면 어딘가로 나가야 하거든. 잠깐이라
도 혼자 있을 곳이 필요하다고.”

"그거야 다 마찬가지 아닌가? 나도 아빠랑 싸우면 문을 쾅 닫고 집을 뛰쳐나가는데……."

다림이가 말했다.

"이렇게 된 거 다 털어놓을게."

우연이가 말을 할지 말지 잠시 망설이는 표정을 지었다.

아이들 시선이 우연이 입을 향했다.

"너희들은 몰라. 우울증을 앓고 있는 아빠랑 사는 게 어떤 건지. 아빤 어린아이 같아. 다행히 아빠는 순한 사람이야. 약도 잘 챙겨 먹어. 다만 엄마랑 내가 어디든 나가는 걸 싫어해. 요즘 특히 더 그 래. 자꾸만 운다고. 엄마가 의사 선생님이랑 의논해서 약을 바꾼다 고 했으니까 좋아지기는 할 거야. 우는 아빠랑 붙어있다 보면 혼자 만 있고 싶을 때가 있어. 아무도 없는 곳으로 가고 싶을 때가 있거 든. 그럴 때는 집을 나와."

"그래서 여기를 온다는 거야? 장미 놀이터에?"

다림이가 어깨를 으쓱대며 물었다.

땅바닥을 말없이 보고 있던 우연이가 고개를 들고 다시 말문을 열었다.

"그래. 여기에 오기 전에는 나만의 길로 토꼈어. 오래전에 장미

마을 골목길에서 산 쪽으로 내가 길을 냈거든."

"그래! 그 길. 좁고 울퉁불퉁한 길. 너였어! 발자국의 주인이!"

진우가 소리쳤다.

"그 길을 안다고?"

우연이는 눈을 가늘게 떴다.

"나 말고는 아무도 그 길을 몰라."

우연이가 진우를 쏘아보았다.

"난 알지. 여기에 다 적어났거든."

진우가 웃음을 지으며 뒷주머니에서 '수상한 장미마을'이라고 쓴 수첩을 꺼냈다.

"거긴 내가 만든 길이야. 앞으로는 가지 마."

우연이 말투가 단호했다.

"알았어. 근데, 거긴 바위로 막혔더라. 내가 새로운 비밀 산책로를 알려줄게. 거긴 정말이지 아무도 모를걸. 우리 집으로 올라가는 길에 있어."

"쳇. 알려주고 싶으면 알려주던가."

우연이 입가에 살짝 웃음이 감돌았다.

그때 다림이가 손을 번쩍 쳐들었다.

"알았어, 너한테 장미 놀이터가 아주 소중하다는 거, 인정. 근데,

왜 그토록 그네가 필요한 거야? 아무도 거기에 대한 설명이 없잖아? 그네가 우주선이라고? 난 아직도 이해가 안 되거든?"

"그건 내가 설명해 줄게. 그네를 타면 땅에서 붕 떠올라. 그네로 우주 전쟁 놀이를 할 때 기분은 자전거 탈 때랑 비슷한 기분이야."

우연이가 말했다.

"우연이 말이 맞아. 그네에 올라가면 딴 세상이 보여. 한 차원이 더 생기는 거야."

"그렇기는 하지. 기다리고 있을 때는 지루하지만 말이야. 그네를 높이 올라가게 하려면 굴러야 하거든."

"아, 그네를 굴러서 올라가고 나면 내려올 때의 아찔함을 견뎌야 해."

아이들이 돌아가면서 한마디씩 했다.

"높이 올라갔다 내려올 때는 힘의 균형도 잘 잡아야 하고."

마지막으로 진우가 씩 웃으며 거들었다.

"오케이. 그네뿐만 아니라 놀이기구는 다 너희들 맘대로 써. 대신 꽃을 꺾거나 새싹을 밟으면 안 돼. 풀도 매야 하고 물도 줘야 해."

다림이가 말했다.

"평일엔 너희가 풀 뽑고 주말엔 우리가 풀 뽑는 건 어때?"

광규가 말했다.

"아, 얍삽한 자식, 그건 안 되지. 공평하게 똑같이 해야지."

동민이가 나서면서 말했다.

"너, 우리 편 맞아? 아까도 얘들이 다림이한테 덤빌 때 너만 쏙 빠졌지? 내가 모를 줄 알아? 다림이한테 깔린 채로 다 봤다고!"

광규가 동민이를 향해서 말을 퍼부었다.

"근데, 말이야. 너, 이런 태도면 자전거 단체 대회 입상은 글렀다. 난 안 나갈 거니까."

동민이가 말하자 광규는 잠깐 주춤거렸다.

"아 씨, 알았어. 그래. 공평하게 하자. 다 함께 하자고."

광규가 마지못해 대꾸했다.

"자, 상황을 정리해 보자. 저기 저 금칠한 그네는 너희들 꺼. 그리고 가장자리로 두른 꽃밭은 진우와 내 꺼. 그리고 앞으로 만들 아지트는 우리 모두의 꺼. 어때?"

다림이는 손으로 장미 놀이터 여기저기를 가리켰다.

아이들 눈이 다림이 손가락을 따라 왔다 갔다 했다.

"오케이."

"나도 오케이."

"쳇, 그러지 뭐."

"나도 오케이랑께."

진우는 아이들을 보며 서있다가 느티나무 위를 보았다.

새들이 날아오르고 있었다.

장미 놀이터에 올 때마다 함께 이야기를 나누던 새들이었다.

'얘들아, 나 말이야, 친구들이 생겼어. 여행하다가 우리 엄마를 만나면 엄마 생각은 이제 하지 않겠다고 말 좀 전해줘. 엄마 생각을 하지 않아도 충분히 재밌을 거 같거든.'

진우가 새들을 향해 말했다.

새들이 날아오르고 난 자리에서 나뭇잎이 찰랑거렸다.

햇빛 한 조각이 나뭇잎에 머물렀다.

진우가 새들을 보는 사이, 새들이 날아간 곳에는 빈 하늘만 남아 있었다.

9

우리들의 비밀 아지트

아이들이 떠나고 나자 장미 놀이터에는 진우와 다림이만 남았다.

"우리도 이제 집에 가자. 골목길에서 헤어지자."

다림이가 그네에 앉았다가 일어서며 말했다.

그때 다림이 팔에 난 상처가 보였다.

"저기, 기다려봐."

진우가 다림이를 붙들었다.

"왜? 나, 학원 가야 해. 아, 그냥 학원 쨀까?"

"잠깐만."

진우가 나무 의자를 가리켰다.

다림이가 나무 의자에 앉아있는 사이에 진우는 장미 놀이터 가장자리를 돌아다니며 서둘러 쑥을 땄다.

다림이 말대로 풀을 뽑아줘야 할 거 같았다.

놀이터 가장자리는 아예 풀밭이었다.

"농사의 신 자청비가 하는 걸 봤어. 이건 약쑥이야."

진우는 쑥을 돌로 찧어서 다림이 팔에 붙여주었다.

"아, 묶어야겠다."

진우는 주머니에서 손수건을 꺼내 다림이 팔 위에 올려놓은 쑥을 손수건으로 단단히 묶었다.

그러고는 뿌듯한 듯 어깨를 쫙 펴고 고개를 번쩍 쳐들었다.

"자, 어때?"

"음……. 꽤 쓸만한 친구네."

다림이가 씽긋 웃었다.

"난 뭐든 잘 배워."

"그래? 그럼, 나한테 태권도 배워볼래?"

다림이가 눈을 동그랗게 떴다.

"싫은데?"

진우가 말했다.

"배우게 될걸."

다림이가 눈을 찡긋거렸다.

"아참, 내 가방."

다림이가 가방을 들자 흙먼지가 풀풀 일어났다.

"저 애들이 걸레를 만들어놓았네."

땅바닥에 뒹굴고 있던 열린 가방 속으로 태권도복이 삐죽이 보였다.

다림이는 태권도복을 꺼내 먼지를 털었다.

다림이가 몸을 움직일 때마다 긴 머리카락이 흔들렸다.

리본이 없어서 묶지 못한 것 같았다.

진우는 모래 속에 파묻혔던 파란 리본이 생각났다.

"오늘은 몸 풀었으니까 학원 안 가도 되겠다. 아빠가 영어 학원이나 수학 학원 빠지는 건 혼을 안 내는데, 태권도 학원 빠지면 화를 엄청나게 내서 말이야."

다림이가 진우를 보며 눈을 찡긋했다.

"아빠가 청소 일 끝날 때까지 태권도 학원에 있으라고 했는데, 여기서 너랑 놀아야겠다."

다림이가 검은 띠를 맨 채 자세를 잡았다.

"어려서부터 택견을 배웠어. 자세가 좀 우스워."

다림이는 춤추는 듯 엉거주춤한 자세를 취했다.

"하하하."

진우가 땅바닥에 나동그라지며 웃자 다림이가 다시 태권도 자세를 취했다.

"우리 아빠도 너처럼 청소 잘해. 청소부시거든. 엄마가 돌아가시고 나서 날마다 술만 퍼마시다가 청소부가 되었어."

다림이가 허리에 맨 띠를 풀어 진우 허리에 묶어줬다.

"자, 시작하자."

다림이는 눈꼬리를 반달처럼 만들며 웃었다.

진우는 다림이가 허리에 매준 띠를 풀지 못한 채, 씩 웃고 말았다.

자청비한테는 정말 당할 수가 없다고 생각했다.

"뻐꾹, 뻐꾹."

곧이어 둔탁한 소리가 들렸다.

정신없이 곯아떨어져 있던 진우는 눈을 번쩍 떴다.

"뻐꾹, 뻐꾹."

진우가 잠에서 깰 무렵이면 아이들은 밖에서 벽을 두들겨댔다.

"아, 녀석들. 진짜 빠르다. 나보다 부지런한 놈들일 줄은 몰랐

어."

진우는 짜증 섞인 목소리로 말하다가 다시 잠에 빠져들었다.

하지만 아이들도 만만치 않았다.

"뻐꾹, 뻐꾹."

"아, 오늘따라 왜 이렇게 일찍 온 거야. 난 밤새도록 피자 상자 접었다고……."

진우는 베개를 끌어안으며 투덜거렸다.

보통 때는 학교가 끝난 뒤에나 오던 녀석들이, 오늘은 아무리 휴일이라고 해도 새벽부터 할아버지가 라면을 끓이기도 전에 쳐들어왔다.

진우는 아직 날이 밝지 않은 것 같다고 생각했다.

쌉싸름하고 차가운 바람이 허술한 벽을 통해서 들어오고 있었기 때문이다.

할아버지는 아직 자고 있었다.

"뻐꾹, 뻐꾹."

진우도 창밖을 향해 뻐꾸기 소리를 냈다.

아이들과 주고받기로 한 신호였다.

아이들은 진우가 뻐꾸기 소리를 내자 이내 조용해졌다.

할아버지는 다림이와 동민이만 빼고는 아이들을 다 싫어했다.

시도 때도 없이 뻔질나게 드나든다는 게 이유였다.

진우는 눈을 뜨려고 손으로 눈을 탁탁 쳤다.

"할아버지가 동민이는 좋아하지."

할아버지가 동민이를 좋아하는 이유는, 동민이가 할아버지가 잃어버렸던 돈을 찾아주었기 때문이다.

동민이는 고물상 집 아들답게 남의 집 마당이라 할지라도 이리저리 헤집고 다니는 걸 좋아했는데, 마당이랄 것도 없는 진우네 작은 집을 제집처럼 들쑤시고 다녔다.

그러다가 나무를 쌓아놓은 곳에서 할아버지가 고물을 팔아서 모은 돈을 발견했고, 그걸 제 주머니 속에 넣지 않고 할아버지에게 갖다주었다.

"아이쿠, 내가 게다 뒀나? 이런 정신머리하고는……. 당최 찾아도 안 나오더니 게 있었구먼."

할아버지가 양말 안에 넣어둔 돈을 보자마자 내뱉은 첫마디였다.

할아버지는 텃밭을 일구면서 양말에 돈을 넣은 다음 가방에 넣어서 늘 가지고 다녔다.

그런데 언제 어디서인지도 모르게 가방을 잃어버리고 말았다.

찾으려고 사방팔방 계속 뒤져보았지만 실패했다.

그런데 가방은 나무를 쌓아두는 곳에 있었고, 그걸 동민이가 찾아주었다.

할아버지는 텃밭 옆에 죽은 나무를 잘라서 차곡차곡 쌓아놓았는데, 나무 사이 빈틈에 그 가방이 있었던 것이다.

그 빈틈은 샅샅이 뒤지지 않고서는 찾아낼 수 없는 곳이었다.

'참, 알 수 없는 녀석이야.'

진우는 베개를 끌어안은 채 동민이를 생각했다.

그 일 이후로 진우도 동민이를 다시 보게 된 게 사실이었다.

그동안은 무슨 일을 하든 한 박자 늦고 말귀도 알아듣지 못한다고 생각했는데, 할아버지한테 가방을 찾아주자 보는 눈이 달라졌다.

"동민이는 믿을 만한 친구야."

그 일 이후로 진우는 내내 중얼거리곤 했다.

진우는 결국 자리에서 일어나 널빤지 문을 열고 밖으로 나왔다.

이제 널빤지 문에는 최첨단 잠금장치가 생겼다.

동민이가 고물상을 돌아다니면서 구해다 준 자물쇠였다.

자물쇠를 볼 때마다 진우는 만족스러운 웃음을 지었다.

"짜식, 맘에 들어."

자물쇠를 보며 중얼거리는데, 벽을 두들겨대던 아이들이 쪼르르 나타났다.

"새끼야, 장미 놀이터에 아지트 만들기로 했잖아. 빨리 옷 갈아입고 나오지 않으면 뒈질 줄 알아."

종수가 동글동글한 얼굴에 웃음을 가득 담은 채 욕을 했다.

"아 참, 그랬지."

진우가 하늘을 올려다보았다.

하늘은 날이 밝기 전의 푸르스름함을 간직한 색깔이었다.

"욕 좀 그만해라. 그 느끼한 얼굴에서 그런 버라이어티한 욕이 다 뭐냐?"

진우가 쏘아붙였다.

종수는 아이들이 잘 쓰지 않는 욕만 골라서 썼는데, 그건 욕쟁이 할머니한테서 말을 배웠기 때문이다.

갈색 얼굴에 커다란 눈에 콧날이 오뚝한 종수는 제법 잘생긴 얼굴이라 여자아이들에게 인기가 있을 법했지만, 여자아이들은 종수가 지껄이는 욕을 들으면 기겁했다.

특히 다림이가 그랬다.

"다림이는 지금쯤 자고 있겠지."

진우가 하품하며 중얼거렸다.

문 옆으로 다림이가 씨앗을 뿌려놓은 화분이 보였다.

진우는 화분을 보며 다림이를 보듯 빙긋이 웃었다.

진우가 다림이를 생각하는 사이에 광규가 불쑥 소리를 질렀다.

"이런 멍청하고 게으른 놈들, 뭐해, 어서 가야지. 장미 놀이터로 출발! 가서 풀을 뽑아야지."

광규가 나뭇가지를 휘두르며 소리쳤다.

"오오, 김광규, 네가 웬일이냐? 다 함께 풀을 뽑자고? 풀들이 놀라 자빠지겠다. 풀들도 네 변한 모습을 안 믿겠는걸."

우연이가 푸르스름한 새벽빛 속에서 나타나며 말했다.

"내가 한번 변해야겠다고 하면 변하고 말거든. 짜샤, 난 변신 로봇 중에서도 사양이 높아."

광규가 어깨를 으쓱댔다.

"아, 애들아, 잠깐 기다려. 옷 좀 갈아입고 나올게."

진우가 아이들을 향해서 말했다.

"진우야, 아지트를 어떻게 지을지 생각은 해둔 거야?"

동민이가 물었다.

진우는 널빤지 문 안으로 들어가려다 말고 멈춰 섰다.

"당연하지. 먼저 나뭇가지로 지붕을 만들 거야."

"나무는 어디서 구하는데?"

"글쎄."

진우가 생각에 잠겼다.

아이들 시선이 진우를 떠나 동민이에게 향했다.

"야! 고물상에 온갖 게 다 있어도 나무는 없어. 그리고 뭘 가져 가든 다 아빠한테 허락받아야 한다고. 이 새끼들은 보태주는 것도 없이 가져가려고만 해."

동민이가 투덜거렸다.

"애들아, 동민이 말 들었지? 허락만 받으면 써도 된대."

우연이가 동민이를 향해 눈을 찡긋거렸다.

"동민이만 도와주면 재료를 구하는 건 어렵지 않을 거 같아. 밑 바닥에 나무 팔레트를 깔고 그 위에 종이 상자를 펴서 깔 거야."

진우가 말했다.

"나무 팔레트는 어디서 구하지?"

광규가 동민이를 다시 보며 물었다.

"야! 자꾸 날 보지 마. 그거 다 구하려면 아빠한테 온종일 붙들 려서 노예 생활을 해야 한단 말이야. 에잇, 모르겠다. 나무 팔레트 는 고물상에서 본 거 같아. 내가 구해볼게."

동민이가 마지못해 대꾸했다.

"일단 장미 놀이터로 가자. 잠깐 기다려. 금방 나올게."

진우가 널빤지로 된 문으로 들어갔다 나왔다.

진우는 안으로 한 번 들어갔다 나올 때마다 옷을 갈아입고 오거나 쓰레기봉투를 손에 들고 나오거나 면장갑을 들고 나왔다.

"아 참."

진우가 한 번 더 집으로 들어가더니 재활용품을 담을 자루를 들고 나왔다.

"다림이가 오기 전까지만 아지트 만들자. 그다음은 알지?"

진우가 집을 나서며 말했다.

"알아. 꽃을 가꾸어야 하잖아."

동민이가 비탈길을 내려가며 말했다.

"아아, 으윽, 내 인생에 꽃이 끼어들다니. 내가 왜 다림이를 못 이겼을까?"

우연이는 얼굴을 일그러뜨리며 진우 옆으로 쓰러지는 시늉을 했다.

"그다음도 알지?"

광규가 뒤따라오며 말했다.

"알아, 자전거 연습해야지. 이번엔 꼭 입상하자."

동민이와 종수가 말했다.

"싹은 언제나 나오려는 걸까?"

아이들과 진우는 싹이 나오기를 기다렸다.

꽃 따위는 관심도 없다고 했지만, 어느샌가 아이들은 싹이 나오기를 기다리고 있었다.

풀을 매고 물을 뿌려주자 관심이 생긴 것이다.

"아, 도대체 언제 나와?"

아이들은 설레는 마음으로 씨앗을 심어놓은 땅을 보고 또 보았다.

"기다려봐. 나올 때가 되면 다 나온다고……."

다림이는 농사의 신 자청비답게 땅을 보며 "나와라, 나와라" 하고 주문을 외웠다.

아이들이 바라는 것은 조그맣고 여린 연둣빛 잎이었다.

아이들은 땅바닥을 보며 싹이 나오기를 기다리는 게 지루했다.

그래서 나오든 안 나오든 그건 싹에게 맡겨두기로 했다.

"야! 빨리빨리 움직여."

네 명의 아이들은 아지트를 만드는 쪽이 훨씬 재미있었다.

"미끄럼틀을 중심 기둥으로 생각하고 아지트를 짓자. 어때?"

우연이가 말했다.

"괜찮은 생각이네."

진우가 대꾸했다.

진우는 아이들이 아지트 만드는 걸 재밌어하자, 슬쩍 빠져나와서 씨앗을 심어놓은 땅에 물을 주었다.

'쓰레기 줍는 건 태풍 할아버지가 돈을 챙겨주니까 그렇다 치고, 내가 이 일을 왜 이리 열심히 하고 있지? 나도 모르게 이러고 있잖아.'

진우는 물뿌리개에 다시 물을 담았다.

'쟤 때문인가?'

진우가 다림이를 보았다.

다림이는 땅을 일구어서 씨앗을 뿌린 곳에 조그만 돌들로 가장자리를 빙 둘러주고 있었다.

놀이터 안에는 다림이가 만든 길쭉한 돌멩이 화단이 생겼다.

진우는 물을 뿌리다가 땅에서 주워낸 돌을 다림이 쪽으로 던져주었다.

다림이 옆으로 진우가 던져놓은 돌무더기가 쌓였다.

"진짜 물뿌리개를 구해봐야겠어."

진우는 콜라병 물뿌리개로 물을 주면서 혼잣말을 했다.

그러다 아이들을 보니, 아지트를 만드느라 이리저리 궁리하고 있는지, 한창 서로 말싸움 중이었다.

지붕과 벽을 뭐로 만들지 고민인 것 같았다.

"얘들아, 집에는 네 개의 기둥이 있잖아. 사방으로 받칠 삼 미터짜리 기둥이 필요해."

진우가 아이들을 향해 소리쳤다.

"그걸 어디서 구하라고?"

동민이가 우연이랑 이야기를 나누다가 고개를 돌려 진우를 보았다.

"어, 바보 녀석들, 저기 나무가 있잖아. 너희는 저기에 있는 게 뭐로 보이냐? 혹시 플라스틱 장난감으로 보이는 건 아니겠지? 지난번에 번개 칠 때 굵은 나뭇가지가 많이 부러졌어."

진우는 콜라병 물뿌리개를 내려놓고는 손가락으로 놀이터 가장자리에 서있는 나무들을 가리켰다.

"오우, 좋아, 저거면 되겠어."

우연이가 손가락으로 딱 소리를 냈다.

아이들은 나무 밑을 돌아다니면서 제법 굵은 나뭇가지들만 주워 왔다.

나뭇가지는 기둥이라기보다는 지붕으로 쓸 천막을 얹기 위해 만든 지지대 정도로만 쓰였다.

놀이터 바닥에 나무 지지대가 들어갈 만큼 둥그렇게 홈을 파서 네 개의 지지대를 넣고, 그 위쪽은 미끄럼틀에 기대었다.

지지대 사이는 노끈으로 단단하게 묶어서 움직이지 않도록 고정했다.

"초가집 지붕을 얹을 때 이렇게 한대. 유튜브에서 봤어."

동민이가 지지대와 그 사이를 노끈으로 엮으며 말했다.

"야, 넌 그런 노잼 동영상도 보냐? 신기한 놈이네."

우연이가 머리를 흔들었다.

"니들처럼 자전거만 타는 줄 알아? 난 쓸모 있는 사람이 될 거야."

"야! 우리를 우습게 보지 마. 우리도 미래에는 자전거 선수가 될 거라고⋯⋯."

"난 절대로 고물상은 안 물려받을 거야."

"그래, 그래, 믿어줄게. 조용히 하고 이거나 좀 잡아봐."

우연이가 땅바닥에 말뚝을 박아서 지지대와 천막을 함께 묶었다.

천막은 동민이가 아빠한테 부탁해서 고물상에서 일하는 조건으로 실어온 터였다.

"진우야, 천막 끝을 붙잡고 끌어올려. 미끄럼틀로 올라와. 난 계단으로 올라갈게."

우연이가 천막을 끌고 올라가며 소리쳤다.

"알았어."

진우가 물뿌리개를 내려놓은 뒤에 천막을 끌고 미끄럼틀을 거슬러 올라갔다.

우연이와 진우가 미끄럼틀 위로 천막을 끌어 올려서 미끄럼틀 전체를 덮자 마치 인디언 천막처럼 보였다.

아이들이 다닥다닥 붙은 채로 들어갈 수 있는 작은 아지트가 만들어졌다.

"아따, 겁나게 잘 만들었네. 문도 만들어야지."

종수가 신이 나서 이리 뛰고 저리 뛰었다.

종수는 문으로 쓰기 위해 한쪽 천막을 오려서 고리를 만들었고, 천막을 들어 올려서 고리에 끼우자 문이 만들어졌다.

"이야, 끝내준다. 야, 빨리, 빨리 들어와 봐. 문은 열어놔. 바람 들어오게."

우연이가 들떠서 소리쳤다.

아이들이 아지트 안에 모여 앉았다.

진우는 아지트 밖에서 아이들을 구경했다.

"좋냐?"

진우가 천막 안쪽에 옹기종기 모여있는 아이들을 보며 물었다.

"좋지. 너도 들어와 봐."

우연이가 대꾸했다.

"난 여기가 좋아."

진우는 느티나무 아래로 걸어가서 재활용 자루를 베개 삼아 누웠다.

"아 참, 진우야, 종이 상자 가져왔어?"

우연이가 천막 안에서 물었다.

"야, 그걸 어떻게 한꺼번에 나 혼자서 들고 오냐?"

진우가 말했다.

"그럼, 다 같이 진우네 집으로 가서 종이 상자를 날라오자. 한 개씩만 가져오면 될 거 같아."

우연이가 아이들에게 말했다.

아이들 가운데에서 아지트를 제일 열심히 만드는 사람은 우연이였다.

"난 아지트에서 살 거야. 집이 싫어."

우연이는 종종 말했다.

'어떻게 집이 싫을 수가 있지? 고시원도 아닌데……..'

진우는 나무 아래 누운 채 우연이를 생각했다.

'엄마 아빠가 있는데도 집이 싫을 수가 있구나.'

파란 하늘에서 구름이 뭉게뭉게 피어올랐다.

"난 장미마을 작은 집이 좋아. 우리 집은 새도 날아와."

진우가 하늘을 보며 중얼거렸다.

아이들은 아지트 안 바닥에 나무 팔레트를 깔고 종이 상자를 깔았다.

"야, 이건 아지트도 되고 미끄럼틀도 돼. 올라가 보자."

우연이가 소리쳤다.

아이들은 천막을 들추고 깔깔대며 계단을 기어 올라갔고, 미끄럼틀을 탈 때는 천막 터널을 통과하듯이 미끄러져서 내려왔다.

우연이가 아지트 안으로 들어가더니, 주머니 안에서 뭔가를 꺼냈다.

작은 나무 인형이었는데 쭉 찢어진 눈에 뾰족한 콧날이 우연이를 닮아 보였다.

인형은 활짝 웃는 표정이었다.

"아빠가 오랫동안 나무를 파서 만들어준 거야. 이걸 여기다 걸

어놓을 거야.”

우연이는 아지트 천장 위에 나무 인형을 걸었다.

“축하한다.”

진우가 느티나무 아래에 누운 채 말했다.

“김진우, 나한테 고맙다는 말을 들을 생각은 하지 마. 아지트에다가 산 쪽으로 올라가는 비밀 산책로까지 다 네 덕분인데, 그래도 고맙다는 말은 절대로 하지 않을 거야. 사과는 할 수 있지. 처음엔 널 삐딱하게 봤거든. 넌 괜찮은 친구야. 아, 느글거려. 김치 먹어야 할 거 같아. 이런 말 체질에 안 맞아.”

우연이가 진우를 향해 말하다 말고 토하는 시늉을 했다.

“짜식, 뭐라는 거야? 하나도 못 알아듣겠네.”

진우는 우연이를 보며 씽긋 웃더니 모래를 집어 던졌다.

“쓰레기나 주워야겠다.”

진우가 쓰레기봉투를 집어 들고 일어섰다.

“휴일도 근무하냐? 그건 근로기준법 위반이야.”

동민이가 소리쳤다.

“어라?”

진우는 쓰레기봉투를 든 채 이리저리 눈을 돌려가며 놀이터 바닥을 보았다.

웬일인지 쓰레기가 하나도 없었다.

그네 쪽에도, 미끄럼틀 쪽에도, 시소 옆에도 쓰레기는 없었다.

장미 놀이터 땅바닥은 빗자루로 쓸었는지 깔끔했다.

누군가가, 토해놓은 오물들도 싹싹 긁어내고 모래를 뿌려놓았다.

진우는 그 누군가를 바라보았다.

놀이터 입구 쪽으로 낑낑대며 쓰레기 자루를 들고 가는 다림이 모습이 보였다.

아지트가 완성되던 날, 장미 놀이터 여기저기에 파랗게 싹이 돋아났다.

"이야, 야호, 싹이 나왔어. 나왔다고."

다림이는 주먹을 휘두르며 놀이터를 뛰어다녔다.

진우는 쓰레기를 줍다 말고 파란 싹을 보고 또 보았다.

삐죽삐죽 자라난 파란 싹들이 놀이터 가운데와 가장자리를 빙 둘러싸고 있었다.

"진짜 조그맣구나. 아기 같아."

진우가 중얼거렸다.

파란 싹은 아직 다림이 운동화 키를 넘지 못했다.

"좀 있으면 쑥쑥 크지 않을까?"

진우가 다림이에게 말했다.

날씨가 더 따뜻해지면 파란 싹의 키도 자라고 꽃도 필 거라고 진우는 생각했다.

'아, 그러면 나한테도 좋은 일이 생기지.'

진우는 먼 하늘을 보았다.

꽃이 피면 김끝놀 할아버지의 다리도 나을 거다.

태풍 할아버지가 급여를 받으면 반을 뚝 떼어서 준다고 말했으니, 그것도 좋은 일이다.

'파란 리본.'

진우는 모래 속에 처박혔던 파란 리본을 생각했다.

'다림이에게 리본을 사줄 거야.'

진우는 그때가 오면 얼마라도 남겨서 다림이에게 예쁜 파란 리본을 선물하고 싶었다.

10

수상한 장미마을이 난 좋아

진우는 오랜만에 할아버지와 함께 산 아래에 있는 작은 집을 나섰다.

"할아버지, 장미 놀이터에 가볼래?"

"그려, 앞장서 봐."

진우와 할아버지는 장미마을 골목길을 나란히 걸어갔다.

"할아버지, 장미마을에 처음 이사 왔을 때 생각나?"

"그러엄, 생각나구말구. 통장에서 돈이 우수수 빠져나갔잖여. 그 눔의 집 고치느라고 말이여."

"할아버지, 난 장미마을이 좋아. 작은 집을 고치느라 통장에 돈이 한 푼도 안 남았어도 그래도 좋아."

"뭐가 그리 좋은 게야?"

"수상해서."

"수상해서?"

"응! 사실, 좋아한 게 먼저지. 장미마을을 좋아하면서부터 새로운 눈으로 보기 시작했거든. 전문용어로는 관찰이라고 하지. 킥킥."

"관찰? 그게 뭐여?"

"음……. 아주 집중해서 보는 거야."

"집중해서 본다구?"

"아이언맨이 자기 임무를 수행할 때처럼 초집중해서 보는 거야. 처음에 이사 와서부터 내내 집중해서 봤더니 장미마을이 엄청나게 수상해 보였어. 그래서 생각했지. 어쩌면 수상하게 본다는 건, 뭔가를 알아내도록 도와주는 걸지도 모른다고. 끝까지 수상하지는 않거든. 결국은 뭔가를 발견하게 돼."

"그게 뭔 뚱딴지 거튼 소리여?"

"장미마을을 좋아하면서부터, 수상하게 보면서부터 새로운 뭔가를 아주 많이 발견했다는 거야."

"당최 뭔 소린지 모르겠네. 할애비가 가져다 준 책을 너무 많이 읽은 것 같구먼."

"대박! 그러고 보니 할아버지가 가져온 책을 다 읽어버렸네. 앗, 실수. 책도 옷 버릴 때 같이 버릴걸."

"인석이! 할애비를 놀려?"

"할아버지, 난 이제부터는 나를 관찰할 거야. 김진우는 뭘까? 수상하지 않아?"

"할애비랑 퀴즈 혀? 하나도 못 알아듣겠구먼. 코미디언이 된다더니 그다음엔 추리물 작가인지 뭔가가 된다고 하더니 이젠 또 관찰인지 뭔지, 철학자가 되려는 겨? 공부는 안 허구 뭔 생각을 그리 많이 허는 겨?"

"할아버지, 배우기만 하는 공부는 재미가 없어. 관찰해야지."

"어여 걷기나 혀."

장미 놀이터 입구에 다다르자 새들이 나무 사이를 날아다니는 모습이 보였다.

할아버지와 놀이터 나무 의자에 앉아서 진우는 그동안 있었던 일들을 이야기했다.

"그럼, 이게 공공근로로 네가 배당받은 놀이터여?"

"응. 이제 돈 받을 일만 남았다니까."

진우는 주머니에 있는 통장을 손으로 만지작거렸다.

"하. 참, 이걸 어쩐다냐?"

"왜?"

"엉큼한 영감탱이, 무슨 속내로 일을 벌였을까? 당최 모르겠네."

"뭘 모른다는 거야?"

"야, 이눔아. 이건 시청에서 관리하는 놀이터가 아녀."

"태풍 할아버지는 여기가 할아버지가 배당받은 놀이터라고 했어."

"아, 글쎄, 이건 버려진 지 오래된 놀이터여. 저길 봐라. 시청에서 관리하는 놀이터가 저렇게 될 수 있겠느냐 말이여? 여기는 귀신들이나 오고 가는 놀이터여. 모르겠어?"

진우는 다림이와 아이들과 함께 가꾼 장미 놀이터를 바라보았다.

울타리를 타고 덩굴장미가 아름답게 피어난 장미 놀이터는 아주 허름했고, 여기저기 녹이 많이 슬었으며, 시소는 고장 났고 그네 한 개는 줄이 끊어져 있었다.

"향수 할머니 말이 처음부터 이렇지는 않았다는 게야. 등산객들이 버리고 간 쓰레기가 넘쳐나서 놀이터가 엉망이 되었다는구먼.

게다가 장미마을 사람들은 아랫동네 아파트로 앞다투어 이사를 갔구. 그러니 귀신이나 들락거리게 되었지."

"할아버지, 우리는 귀신이 아니야."

"누가 너희보고 귀신이래? 여기는 아무도 안 오는 놀이터고 그 영감이 너한테 사기를 친 거라는 게지. 그 영감이 사기꾼이라는 말을 하는 게야."

"태풍 할아버지가 분명히 말했어. 할애비가 노느라 바쁘니까 네 놈이 놀이터 하나만 맡아서 해보거라, 이렇게."

"그려, 그것이 참 알쏭달쏭혀. 워낙 빈말을 잘 허는 영감이라야 말이지. 그 영감이 빈말만 잘 허는 게 아녀. 놀기도 잘 혀서 어떤 할멈한테 돈 빌려서 도망쳤다는 소문도 있구먼. 그 영감이 식구가 없지 아마. 그려서 흥청망청 놀구 돌아다니는 걸 테구. 어찌 되었든, 이번 기회에 세상이 어떤지 똑똑히 알도록 혀. 세상은 눈 베고 코 베어 가는 곳이구먼. 정신 똑바루 채리고 살어. 이눔아!"

할아버지는 장미 놀이터 나무 의자에 앉았다가 목발을 짚으며 일어섰다.

진우는 절뚝거리는 할아버지와 함께 덜컹거리고 허술한 작은 집으로 돌아왔다.

집으로 돌아오는 내내 고개를 들어 파란 하늘을 올려다보았다.

다림이가 머리에 묶고 있던 파란 리본이 생각났다.

"할아버지, 세상은 그런 곳이 아니야."

진우는 널빤지로 된 문을 열어젖히며 작은 목소리로 중얼거렸다.

"웅얼거리지 말고 큰 소리로 말혀. 뭐라는 거여?"

할아버지가 집 안으로 절뚝거리며 들어갔다.

"할아버지가 비 오는 날 가져온 『우리 신화 속 영웅』이라는 책 생각나? 거기에 자청비라는 여신이 나와. 장미 놀이터에서 진짜로 자청비를 만났어. 그 애는 나한테 꽃을 가꾸는 법을 가르쳐줬어. 놀이터에 씨를 뿌리면 꽃이 피는 것처럼 세상도 나도 그렇게 된다고……."

진우는 할아버지 신발을 벗겨주며 또박또박 말했다.

"이눔아, 꽃은 팔어여지. 그리구 난데없이 자청비는 또 뭐여? 아무튼, 할애비가 다리 낫고 나면 그 영감 가만 안 둘 거여."

할아버지가 소리를 버럭버럭 질렀다.

그 목소리는 진우에게 웅얼거리는 소리로 들렸다.

: 에필로그 :

하래비가 지누에게 보낸다

할아버지가 방 안으로 들어가자 진우는 널빤지 문을 열고 집 밖으로 나왔다.

문 앞에 서있는 허름한 우체통이 보였다.

우체통 밖으로 삐죽 나온 편지도 보였다.

"요금 계산서인가?"

진우가 우체통에서 편지를 꺼냈다.

봉투에는 보낸 사람 이름이 적혀있었다.

진우는 편지를 뒷주머니에 꽂아놓고는 발걸음을 옮겼다.

장미 놀이터에 다녀올 생각이었다.

　문에 그려놓은 나비가 하늘을 향해 팔랑팔랑 날아가는 모습이 보였다.

　널빤지 문에 그려진 나비는 어느새 진우를 따라오고 있었다.

　장미 놀이터에 도착해 의자에 앉자 가장자리를 빙 두르며 돋아난 싹들이 보였다.

　파랗게 자란 싹들을 보자 마음이 뿌듯했다.

　주머니 속에 있는 통장을 만지작거렸다.

　통장을 꺼내 파란 하늘에 대보았다.

통장을 넣은 비닐 속에서 도장이 뚝 떨어졌다.

나무 도장에 '김진우'라고 새긴 글자를 읽었다.

진우는 큰길 가에 있는 은행으로 발걸음을 옮겼다.

통장정리기 앞에 줄을 선 사람들이 보였다.

진우는 통장을 펼쳐 보자마자 눈을 비비고는 다시 들여다보았다.

입가에는 웃음이 번져나갔다.

진우는 뒤에 줄을 선 사람이 비키라고 할 때까지 마냥 서있었다.

돈을 보낸 사람은 태풍 할아버지였다.

진우는 외계인 춤이라도 추고 싶었다.

다림이에게 줄 파란 리본을 사서 장미 놀이터 길쭉한 돌멩이 화
단 앞에 앉았다.

맨땅에 앉으려니까 뒷주머니가 두툼해서 수첩과 편지를 빼내야
했다.

주머니에서 볼펜이 따라 나와 바닥에 툭 떨어졌다.

바람이 불어와 수상한 장미마을 수첩 종이를 팔랑팔랑 넘겨버
리더니 편지까지 날려버렸다.

진우는 편지를 주워 오느라 애를 먹었다.

하얀 종이 위에 태풍 할아버지가 삐뚤삐뚤 적은 글자가 보였다.

지누야, 장미노리터에 가보니 새싹이 나 이떠구나. 기특하고 고마워따.

지누야, 씨를 뿌리면 꼬치 피고 겨우리 가며는 보미 온다. 예전에 씨앗만큼 작은 아이가 있었따. 느티나무 아래서 하래비를 기다리다가 꼬츠로 피지 못하고 세상을 떠낫따. 하래비랑 놀지도 못하고 갓따. 하래비가 지켜주지 못햇따. 하래비가 우리 지누는 꼭 지켜주마. 꼭 그러마. 나하고 재밋게 노라보자. 하래비는 재미난 일을 만드는 재주가 이쓰니까 하래비를 미더도 된다.

장미노리터에 꼬치 피면 하래비 한번 초대하그라. 하또 그랑 햄버거 사서 노리터로 놀러 가마. 이 편지는 하래비가 글자를 배우고 나서 처음 쓰는 편지다.

하래비가 지누에게 보낸다.

고개를 들어 파란 하늘을 올려다보았다.

다림이 리본처럼 파란 하늘에 편지를 대보았다.

눈가가 시큰거렸다.

태풍 할아버지가 삐뚤삐뚤 적은 글자를 보았다.

눈을 깜박거리자 글자는 팔랑거리며 내려오다가, 어느새 우수수 어깨 위로, 돌멩이 화단 위로, 수상한 장미마을 수첩 위로 쏟아져 내렸다.

햇빛에 버무려진 하래비라는 글자는 지누라는 글자와 함께 파란 새싹 위로 내려앉았다.

파란 새싹 위에서 하래비와 지누는 팔랑거리며 넘어가는 수상한 장미마을 수첩 속으로 스르르 이리저리 춤을 추며 스며들어 갔다.

재밌게 노라보자, 우리 지누는 꼭 지켜주마, 하래비를 미더도 된다.

글자는 수첩 속에서 빠져나와 장미 놀이터를 휘젓고 다녔다.

글자는 시소도 타고 그네도 타고 정글짐도 올라갔다 내려오고, 아지트에도 들어가 벌러덩 누웠다.

진우는 다림이가 만들어놓은 돌멩이 화단 앞에 앉아 태풍 할아 버지에게 답장을 썼다.

장미 놀이터에 와보면 할아버지는 깜짝 놀랄 거예요.
네 개의 우주선이 있고 돌멩이 화단이 있고 인디언 아지트가 있는 놀이터는 아무리 회오리바람을 몰고 다니는 태풍 할아버 지라고 해도 본 적이 없을 테니까요.
장미 놀이터에 놀러 오실 때는 수첩을 꼭 들고 오셔야 해요.
할아버지가 적으실 내용이 많을 거라서요.
여긴 정말, 아주아주 수상하거든요.
미스터리 그 자체죠.
장미마을도 수상했는데, 장미 놀이터는 더 수상해요.
김끝놀 할아버지 말로는 여기에 귀신이 들락거린다나요. 헤헤.
저는 물론 아니라고 했지만요.
김끝놀 할아버지가 귀신 이야기 말고도 태풍 할아버지에 대해서 어떤 말을 했지만 저는 그 말을 믿지는 않았어요.
그 말이 어떤 말인지는 여기에 적지 않을래요.

이번에 장미 놀이터에서 김끝놀 할아버지와 만나면 확실하게 알려주세요.

태풍 할아버지가 얼마나 좋은 사람인지 꼭 가르쳐주셔야 해요.

꽃 피는 날이 오면 저는 두 분을 꼭 초대할 거거든요.

태풍 할아버지, 이건 장미 놀이터에 놀러 오라는 초대장이에요.

이걸 가지고 계시다가 우리 꽃 피는 날, 만나요.

진우가 태풍 할아버지에게 보냅니다.

〈끝〉

수상한 장미마을은 김 끝달이라는 이름을 만나면서부터 시작되었어요. 이름을 보자마자 수상한 장미마을의 사건들이 저절로 머릿속에서 스르르 생겨났답니다. 진우를 만나기 전에 김끝달이라는 이름을 먼저 만난 셈인데요, 그 뒤로 이야기는 일사천리로 흘러갔습니다.

이야기가 흘러가기 시작하면 참으로 감당하기가 힘들죠. 데구르르 굴러가서 이상한 곳으로 흘러가기도 하잖아요. 이 이야기는 돌아올 수 없는 계곡이나 무시무시한 동굴로 가지는 않았어요. 인물들이 바짝 정신을 차리고 있었거든요. 주인공인 진우는 더 정신을 차리고 있었지요. 진우가 다림이를 만들고, 다림이가 우연이와 동민이를 만드는 동안에 이야기는 사건을 해결하고 결말로 향하게 되었습니다.

진우라는 아이는 참 독특합니다. 어떤 작가라도 진우를 주인공으로 삼으면 행복할 겁니다. 저도 그랬습니다. 상상력, 그리움, 희망을 온전히 느끼며 글을 썼습니다. 할아버지가 다리를 다치고 나서부터 진우는 놀이터 청소하기를 바랐습니다. 친구들을 만나고 싶어서 그랬던 것 같습니다. 한바탕 싸움을 벌이는 것도 진우가 바랐던 일이지요. 다림이를 만나는 일까지, 전부 다요.

여러분은 저에게 이렇게 물을지도 모릅니다. 우리는 날마다 학원에 가야 하는데 놀이터에서 친구를 사귀고 싸움을 할 틈이 어디 있냐고요, 있을 수 있는 일이냐고요. 맞는 말씀이에요. 그렇게 따진다면 저는 아무런 할 말이 없답니다. 휴우, 여러분 대부분은 온종일 학원에서 학원으로 오가며 지내고, 정말이지 단 한 순간도 놀 틈이 없죠. 여러분 말대로 이 이야기는 현실성 없는 이야기가 될지도 모르겠습니다.

하지만, 이건 살짝 비밀인데요, 여러분이 모르는 사이에 여전히 놀이터에서 노는 아이들이 있다는 사실!

처음엔 저도 그게 꿈인 줄 알았거든요. 환상을 보았다고 생각했지요. 하지만 그날, 저는 놀이터에서 노는 아이들을 제 두 눈으로 직접 확인했답니다. 제가 아는 몇몇 아이들은 학원과 학원 사이를 누비는 틈틈이 놀이터에 들르고 있었습니다. 선생님이 공부가 아니라 놀이를 가르쳐주고 계셨고요. 선생님은 놀이터에서 아이들을 기다리다가 함께 배드민턴도 치고 사방치기도 하셨고, 아이들이 학원을 오가면서 잠깐씩이라도 놀이터에서 놀 수만 있으면 그보다 더 좋은 일은 없을 거라고 말씀하셨죠. 저는 '아, 이 선생님 마음은 진심인데? 정말로 아이들에게 놀이를 가르치고 싶으시구나' 이렇게 생각했어요.

어쩌면 지금 이 순간, 글을 읽는 여러분도 학원과 학원 사이를 누비는 사이 틈틈이 놀이터에서 친구들을 사귀고 있을지도 모르겠습니다.

짧게 쓸 생각이었는데 작가의 말이 너무 길었네요. 여러분도 저도 길고 지루한 글은 딱 질색이죠. 이 글이 여러분을 지루하게 만들지 않았기를 바랍니다.

숲속 마을에서 한박순우

수상한
장미마을